転生したら
あった件
2
～異世界行っても努力する～
著 けん
イラスト 竹花ノート

クラリス
マルス

「きゃああああああああああ!!!!!」
エルフの子は顔を涙と鼻水で濡らしながら、
必死になって俺たちの方に走ってくる
ミーシャ

「ま…る……す。
エリーを……た…の…む」
それが獣王の最期の言葉だった。
◆エリー◆
◆バーンズ◆

著 けん
イラスト 竹花ノート
転生したら
才能があった件
~異世界行っても努力する~
2

◆ CONTENTS ◆

TENSEI SHITARA
SAINOU GA
ATTA KEN

第1話　イルグシアを目指して

クラリスと二人で馬車に乗ってイルグシアに向かう。クラリスが同行すると、荷物が増えるなら馬車の方が良いだろうとのことだ。

ただし、御者台に座るのは俺。

昔アルメリアに住んでいた頃にイルグシアに馬車で行く際、ジークが御者台に乗り操縦していたのだが、その際俺も一緒に御者台に乗っていたからなんとなく操縦の仕方は知っていた。

その経験からか苦労することなく馬を操ることができた。ビートル伯爵がかなり良い馬を用意してくれたというのもあるかもしれないが。

「ビートル伯爵はいろんなことを考えて、お父さんとお母さんに私をマルスに預けないかと言ったのだと思うの」

クラリスがワゴンの中から話しかけてくる。

「私は神聖魔法が使えると公言しちゃっているでしょ？　これって私が思っていたよりかなり危険なことなんだって。上級貴族たちにとんでもない値段で人身売買されることもあるらしいから、グランザムにいると誘拐事件が起きる可能性があるだろうって……今いる住民たちはいい人たちばかりだけど、今後私を誘拐しようとする輩《やから》は必ず来るって……悪質な冒険者に攫《さら》われたりするともっとひどい目にあう可能性が高いって……」

「うん」

「でもね。いくらマルスがいるといっても敵国に八歳の女の子を送るなんて普通だったら考えられないじゃない？　だから伯爵はランパード家を男爵に叙爵したのだと思うの」

「どういうこと？」

「私が捕虜になってしまった場合、平民と貴族で扱いが違うらしいの。詳しいことは分からないのだけど、貴族の場合は敵国だとしても、奴隷にされないみたい。神聖魔法を使えることがバレていなければだけどね。それにね、伯爵は早馬でマルスのご両親にマルスの手紙を届けてくれたじゃない？　その手紙にね、もし私が同行する場合はどうかよろしく頼むみたいなことを書いてくれたみたい。同行する女の子は……その……」

「あ、なんとなく分かるよ……」

　ビートル伯爵は相当俺たちに気を使ってくれたんだな。あとクラリスも不安なのだろう。

　敵国に単身赴き、もし俺の家族やイルグシアの住民たちに受け入れられなかったらどうしようとか、俺と喧嘩《けんか》したりしたらどうしようとか……言葉にいつもの元気がない。

「クラリス聞いてくれ。俺は絶対にクラリスをバルクス王国の捕虜にはさせない。それに俺はね、迷宮《ダンジョン》を攻略してからグランザムを発《た》つまでの間、クラリスと会えなくてとても辛《つら》かった。なんとなく避けられている、もしかしたら嫌われているのかもとか思ったりもした」

「そんなこと……」

「うん、分かっている。でも不安だったんだ。グランザムにいるときはクラリスと一緒にいることが当たり前で、迷宮攻略《ダンジョン》と同時に急に俺の目の前からいなくなってしまった。失恋したんだなぁって……」

って言ってから気づいた！　告白しているようなものじゃん！

顔が熱くなっているのが分かる。顔だけではない、体中の汗が噴き出ているような感覚だ。

「ごめんね。私も色々考えていて自分のことだけで必死で……お父さんとお母さんと三人の時間もあと少しで終わるのかもと思うと……」

スルーしてくれて助かった。もしかしたら気づいてないのかな？

幸いクラリスは馬車の中で俺は御者台の上にいるから、俺の顔は見られない。

どちらにせよ俺は一人でイルグシアに来るクラリスを絶対に守ろうと誓った。

少なくとも成人の歳、十五歳になるまでは。

もしも家族や住民に受け入れてもらえないようであれば、家を出る覚悟だ。

クラリスとの旅は順調だった。

順調な理由はいくつかある。まず、子供二人でも泊まれるようにビートル伯爵が一筆書いてくれたことだ。それを宿屋の主人に見せるだけで何も聞かず泊めてくれた。お金はきちんと取られるけどね。

一番大きな理由は、俺たち二人は神聖魔法が使えること。

馬が少しへばっても、《ヒール》をかければ、馬の体力が回復する。宿を八時に出て、次の宿泊先までの移動中に休憩するのは、お昼のご飯時だけで済むのだ。

途中でちょくちょく水を飲ませるが、それは俺が水魔法で水を出せばいいだけだしね。

ビートル伯爵が選んでくれたルートもよかった。

王都付近には近づかないように、辺境すぎる所、治安が悪い所を通らないようになど、少し遠回りになるが緻密に計算されたルートを用意してくれたのだ。

治安が悪い所は当然だが、王都も避けた方がいいとのこと。その理由は教えてくれなかったが。

馬を走らせ街に着くと、冒険者ギルドに寄り、お使いクエストを受注しながら西を目指す。

八歳で冒険者ギルドに行くのだから、それなりのテンプレ展開は予想していたのだが、絡んでくるような人はいなかった。

まぁ神聖魔法使いで体の発育が同世代よりも早い俺たち二人を、八歳と思っている者はいないだろうが。

それでもクラリスの豪華な装備のことでたまに声をかけられることはあった。

ディフェンダー、ミスリル銀の短剣、魔法の弓《マジックアロー》、神秘の足輪《ミステリアスアンクレット》、聖女の法衣《セイントローブ》、そしてグランザムを発つ時に渡した誓愛の髪飾り。

もう離れてしまうからと思い、勢いで渡した花の中心にちょこんとピンクの魔石が載った髪飾りは、【運】が微上昇するアクセサリーだが、もう一つ効果がある。

【名前】誓愛の髪飾り

【特殊】－
【価値】－
【詳細】運＋1。プレゼントした相手と結ばれると幸福が訪れる。

　結ばれるというのはどういうことだろうか？　両想いになったらか？　ち、チューをしたらか？　それとももっと……いずれにしてもこのアクセサリー含め、冒険者たちには希少な物だということは分かるようだ。

　どうやって手に入れたのかとか、誰からもらったのかとか聞かれたが、決して襲われはしなかった。

　俺の装備はというと、無駄に装飾されたミスリル銀の剣と風の短剣《シルフダガー》に偽装の腕輪。

　ミスリル銀の剣もかなりいい装備なんだけど、クラリスの装備と比べるとね。

　冒険者たちの目には、クラリスの従者として映っていただろう。

　ちなみにクラリスも冒険者登録してもらったらしい。迷宮《ダンジョン》に潜《もぐ》れるようにE級冒険者となっている。まぁビートル伯爵が俺の出自に気づいたきっかけだから予想はしていたけどね。

「旅って楽しいね。私旅をするのが好きみたい」

「俺も楽しいよ。でも俺一人だったら絶対につまらなかったな。クラリスと一緒だから」

　冒険者ギルドでいつものお使いクエストを受注しながら話していた時だった。冒険者ギルドの扉が勢いよく開けられ、商人風の男が叫ぶ。

「緊急クエストを依頼したい！　公爵に献上する奴隷に魔の森付近で逃げられたが、俺たちでは手が出せない！　言い値で払うから誰か受けてくれ！」

冒険者ギルドには俺たち以外に十名以上いたが、誰もそのクエストを受けようとしない。誰も受けないと奴隷の命は危ないのではないだろうか？

「保護する方の特徴とかちゃんと教えていただけませんか？」

ギルド職員が焦っている商人風の男を宥《なだ》めるように優しく問いかけると、

「……エ、エルフの奴隷だ……それ以上は言えん。ただし褒賞は金貨十枚……いや百枚だ！　頼む！　誰か引き受けてくれ！」

商人風の男が口早に答える。

「金貨百枚は破格の報酬だ。だけど魔の森はＢ級冒険者だけで組んだパーティでも死んでしまう所だぞ？　金は大事だが、命には代えられない。残念だが諦めな」

魔の森は相当危ないところらしい。

確かＢ級冒険者のステータスは、例外もあるが合計４００を超えるとジークが言っていたな。

そんな力を持つ冒険者だけで組まれたパーティが全滅するのだから本当に危険なのだろう。

エルフの奴隷のことも気になるが、クラリスを危険な目に合わせるわけにはいかない。

商人風の男と目を合わさぬように俺たちは冒険者ギルドを後にした。

第2話　地獄の蛇

「マルスはエルフ族って見たことある？」

冒険者ギルドを後にし、馬車に向かいながら先ほどの商人の話をする。

「俺はないよ。クラリスは？」

「私もない。それどころか人族しか見たことないの。王都や大都市、大きな迷宮都市には獣人やドワーフもいるって聞いたことあるんだけど……魔の森って次の街に行くときに近くを通る？」

「最初に住んでいたアルメリアという所で獣人らしき人は見たことあるかもしれない。魔の森の近くは通らないと思うよ。なんせビートル伯爵のルートは安全第一のルートだからね」

視線を落としビートル伯爵の選んだルートを確認すると、意外なことに隣街と魔の森のちょうど中間あたりを通るルートだった。

あれ？　魔の森が危険であれば、もっと北よりのルート、あるいは隣町に寄るルートを選ぶはずなんだけど……クラリスにルートを伝えると、

「そっかぁ……もしも会えたら保護してあげたいね」

少し残念そうに答える。

「そうだね。でも無事に保護できたしても、俺たちは冒険者ギルドにエルフの身柄を引き渡すことしかできないから、結局エルフの人は奴隷として公爵様に献上されるだけだよね。無事に逃げ

だせているのであれば、そのままの方が幸せかもしれないよ」

「マルスの言う通りね。じゃあ行きましょう」

　クラリスも同意してくれ、馬車に乗り込み西を目指す。


　先ほどいたポロの街から馬を走らせること数時間、ビートル伯爵が選んでくれたルートを順調に進んでいると、遠くの方で巨大な影がとぐろを巻いているのが見えた。

「クラリス、あれを見てくれ」

　中にいるクラリスに話しかけ、見てもらう。

「何あれ？　蛇……よね？　こっちの世界の蛇はあんなに大きい……わけないわよね」

「ああ。このまま西に進んでもバレないかもしれないが、念のために少し北側に大回りしようと思う。クラリスもあの蛇を注視していてくれないか？」

　あまりにも巨体故に先に俺たちが気づくことができ、遠回りして魔物から逃れられた。

　ホッと胸をなでおろしていると、クラリスが急に叫ぶ。

「マルス！　止まって！　誰かが蛇に向かって走っているの！」

――なんだと!?　振り返るとそこには、何かから必死に逃げる妹のリーナと同じ年齢くらいの女の子の姿があった。

　その顔は特徴的で、細く尖《とが》った耳に翠玉色《エメラルド》の髪の毛と、少し離れたここからでも、エルフと一目で分かるものだった。

「おい！　前を見ろ！」

巨大な蛇に気づかれない程度の声で小さなエルフに声をかけると、俺の声に気づいたエルフは素直に俺の声に従い前方を確認するが、ここからが予想外だった。

「きゃぁぁぁぁぁああああ！！！！」

突然巨大な蛇を見たエルフの子が悲鳴をあげたのだ。

その声に巨大な蛇も気づき、最悪なことに俺たちの存在までバレてしまった。

「逃げるぞ！　こっちに来い！」

エルフの子は顔を涙と鼻水で濡《ぬ》らしながら、必死になって俺たちの方に走ってくる。

「マルス！　あの子走るの速いけど、それ以上にあの魔物が！」

クラリスの言う通り、思いのほかエルフの子の足は速かったが、追いかける巨大な蛇はそれ以上に速く、逃げきれそうにないことがすぐに分かった。

「くそ！　俺があの蛇を止める！　その隙にクラリスはあの子と一緒に逃げてくれ！」

「それだけは絶対にダメ！　私も一緒に行く！　ここでマルスに何かあって私だけが生き残れてもそれは死んだも同然よ！」

確かにここで俺が死んだら、次のターゲットはクラリスとエルフの子になるだろう。たとえ無事にここを切り抜けることができても、その後のことを考えると困難がつきまとうな。

「分かった！　じゃああの子をかくまったら、魔法の弓矢《マジックアロー》で援護を頼む！」

ミスリル銀の剣を抜き、俺は巨大な蛇へ、クラリスはエルフの子の下へ走る。

走りながら巨大な蛇を鑑定すると、相手することになったのを後悔する数字が並んだ。

【名前】ー
【称号】ー
【種族】地獄の蛇《ヘルスネーク》
【脅威】B$^-$
【状態】良好
【年齢】三歳
【レベル】５
【HP】２５２／２５２
【MP】６／６
【筋力】92
【敏捷】１００
【魔力】１
【器用】81
【耐久】１３２
【運】１

ゴブリンキングを遥かに超えるステータス。これで脅威度がＢ$^{-}$というのは少々納得いかない。特殊能力はないらしいが、間違いなくこいつの牙《きば》は猛毒だろう。

こんな相手には先手必勝！

走りながら無詠唱で《ウィンドカッター》を撃つが、なんと地獄の蛇《ヘルスネーク》は当たる直前で体を大きく逸《そ》らして回避した。

（《ウィンドカッター》！）

距離が遠かったにしてもあれを躱《かわ》されるとは……。

しかしそれが功を奏したのか、地獄の蛇《ヘルスネーク》の注目は完全に俺に向き、その隙にクラリスがエルフの子を馬車のワゴンへと連れて行く。

関心を買った俺は、《ウィンドカッター》を連射しながら馬車から少しずつ離れる。そんな俺を地獄の蛇《ヘルスネーク》が追いかけてきて、徐々にその距離が縮まっていく。

距離が縮まると地獄の蛇《ヘルスネーク》の攻撃を受ける可能性が高くなるが、《ウィンドカッター》が当たる可能性も高くなる。

その証拠に近づくにつれ、地獄の蛇《ヘルスネーク》は《ウィンドカッター》を躱しきれなくなり、直撃せずとも徐々にその体皮が剥がれていく。

この調子で逃げながら《ウィンドカッター》を放っていれば、無傷で倒しきれるかもと思って地獄の蛇《ヘルスネーク》を鑑定してみるが、なんとＨＰは減っていなかった。

こいつは脱皮した皮を意識的に身に纏《まと》って体を守っていたのだ。

だったらまずはその皮を剝がすまで！

（《ウィンドカッター》！）

（《ウィンドカッター》！）

（《ウィンドカッター》！）

徐々に脱皮した皮が剝がれていくが、その間に地獄の蛇《ヘルスネーク》は俺との距離を縮める。完全に皮を剝がす頃にはもう地獄の蛇《ヘルスネーク》は数メートル先の距離にいた。

不吉なことに肉を切らせて骨を断つという言葉が脳裏に浮かぶ。

『シャァァァアアア！』

咆哮《ほうこう》を上げ、大きな口を開け噛みついてくるが、《風纏衣《シルフィード》》を展開させて紙一重で躱し、無防備な胴体にミスリル銀の剣で一太刀浴びせる。

「――――なっ⁉」

一太刀浴びせることはできたのだが、地獄の蛇《ヘルスネーク》の肉は硬く、数十センチ斬ったところで勢いが止まり、剣を引き抜くのがやっとだった。【耐久値】１３２は伊達じゃないということか。

剣で十分なダメージを与えられないのであれば、魔法で攻めるまで！

再度噛みつき攻撃を躱し、今度は《エアブレイド》を浴びせると、多少の抵抗はあったが、風の刃が地獄の蛇《ヘルスネーク》を切り裂く。

『シャァァァアアアア！！！！』

身をよじりながら暴れる地獄の蛇《ヘルスネーク》に《エアブレイド》で追撃をしようとするが、射程距離が短いというのを学習したのか、体の一部を大きく逸らして避け、そのまま胴体から尻尾にかけて鞭《むち》のように体をしならせ、俺を目掛けて薙ぎ払ってくる。

――ヤバい！　躱しきれない！

ミスリル銀の剣で衝撃を和らげようとするも、遠心力が加わったその一撃に衝撃を吸収しきれず、軽く十メートルくらい吹っ飛ばされる。

なんて速さだ⁉　その速さに力が乗りこの威力。《風纏衣《シルフィード》》を展開していなければ骨の何本かは折れていたに違いない。恐怖心からかミスリル銀の剣の柄が湿り、足が震え出す。

「マルス⁉」

エルフの子を馬車にかくまったクラリスが魔法の弓矢《マジックアロー》を射ながら叫ぶ。

その悲壮感漂う声は体にしみ込んだ恐怖を払うのに十分だった。ここで俺が死んだら、誰がクラリスを守るんだ！

「軽く撫《な》でられただけだ！　考えがある！　クラリスはそのまま魔法の弓矢《マジックアロー》で援護してくれ！」

先ほどまで震えていた膝を叩《たた》き、気合を入れてから《風纏衣《シルフィード》》を再度展開し、今度は俺から地獄の蛇《ヘルスネーク》に突っ込む。

鞭のようにしなるからこれだけの威力が出る……ということはしならせないほど接近すれば、尻尾の攻撃に関しては、さほど脅威にはならないはずだ！

「うぉぉぉぉおおおおお！！！！！」

一歩一歩近づくたびに、恐怖心が体の底から湧いてくるが、叫ぶことによって己を奮い立たせる！

　そんな俺の心を支えるかのように、無数の魔法の矢が地獄の蛇《ヘルスネーク》に降り注ぐ。

『キシャァァァァアアアアア！！！』

　遠距離から矢を放つクラリスに対し、威嚇をし、苛立《いらだ》ちを見せるが、叫びながら突っ込んでくる俺を無視することはできず、先ほどと同じように尻尾をしならせ薙《な》ぎ払ってくる。

　それへの対応策としては一つの答えを出している！

（《ウィンド》！）

（《ウィンド》！）

（《ウィンド》！）

　その巨体が故、《ウィンド》に接する面積は多いはずだ。これで少しは尻尾の威力を相殺できる……と思っていたが、その効果は予想以上だった。

《ウィンド》を二発当てた時には、もう躱す必要もないくらいの威力となっており、三発目が直撃した際には、むしろ尻尾を押し戻していた。

　これはイケる！

　次の尻尾での攻撃が来る前に懐まで潜り込むと、今度は《ウィンドカッター》を連射する。

（《ウィンドカッター》！）

（《ウィンドカッター》！）

（《ウィンドカッター》！）

さすがの地獄の蛇《ヘルスネーク》もここまで接近されると躱すことができないようだ。しかも今回は遠距離魔法。毒々しい色の血が周囲に飛び散る。

さらに後方からも魔法の矢が正確に地獄の蛇《ヘルスネーク》を捉え、このままいけば倒せるかと思った時だった。

地獄の蛇《ヘルスネーク》が威嚇する音と共に大きく口を開けると、赤と緑が混ぜ合わさった長くグロテスクな舌が螺旋《らせん》のようになっている。舌からは涎《よだれ》が伝い、螺旋に巻かれた舌が元に戻ると同時に、周囲にそれがまき散らされる。

本能的にこれは浴びてはいけない奴だと悟った俺は、《ウィンド》で涎を弾き飛ばしながら距離を取る。

地獄の蛇《ヘルスネーク》から吐き出された涎がそこらに転がっていた石ころにかかると、蒸発する音と共に、あっという間に消滅した。

――もう迂闊《うかつ》に近づくことはできない……しかしクラリスと二人で遠距離攻撃をしていれば、いつかは倒せるはずだ。

クラリスもそう思ったのか、先ほどよりも矢を射る速度が速くなり、地獄の蛇《ヘルスネーク》の外皮が剥がされる。近づくとダメージを受けると分かっているのか、先ほどみたいに強引に迫ってくることはなかった。

「よし！　このまま押し切るぞ！」

ＨＰを削るべく、《ウィンドカッター》と魔法の矢を放っていると、地獄の蛇《ヘルスネーク》の意地悪く冷酷な目がある物を捉えているのに気づいた。

「ヤバい！　馬車を狙うつもりだ！」

このまま遠距離で《ウィンドカッター》と魔法の弓矢《マジックアロー》で削っていれば確実に倒せるが、その間に馬が喰われ、エルフの子も喰われてしまう。

「そんな⁉　どうすれば⁉」

なんとか二人に注目を向けようとするが、地獄の蛇《ヘルスネーク》はその巨体を低く波打たせながら馬車へと猛進する。

くそ！　ここまで来てもう打つ手が……いやまだあった！　少しリスクはあるがあの魔法であれば！

「クラリス！　少しの間頼む！」

目を閉じ、両手を前に掲げ、意識を集中させる。

この魔法のリスクというのは発現させるまでに時間がかかることと、発現中は他の行動ができないということだ。しかし発現さえしてしまえば、この状況を打破できる！　丹田から魔力を巡らせ、右手に風の魔力が、左手に火の魔力が伝わる。

よし！　両の手に十分な魔力が伝わった！　これなら！　そう思い、目を開けると、先ほどまで馬車を捉えていたはずの捕食者の目が、俺を捉えていた。

「マルス！」

クラリスがあらん限りの力で弓を引き、地獄の蛇《ヘルスネーク》の狙いを俺から逸らそうとするが、狡猾《こうかつ》な目は俺を捉え続け、迷うことなく俺に向かってくる。

涎をまき散らしながら向かってくる地獄の蛇《ヘルスネーク》に対し、《ウィンド》で仕切り直すというのも頭を過《よぎ》ったが、そうしたらまた馬車を狙われる。ここで決めなければ！

「《ファイアストーム》！」

迫りくる地獄の蛇《ヘルスネーク》に向け、魔力を放出させるが、発現よりも先に地獄の蛇《ヘルスネーク》の大きな口が俺を飲み込もうとする。

「いやぁぁぁぁぁぁあああああ！！！！」

クラリスの絶望にも似た叫び声が響くと同時に、俺を丸呑《まるの》みしようとしていた地獄の蛇《ヘルスネーク》が、ガラスが割れるような音と共に大きく後ろに弾かれる。同時にその場に炎の嵐が発現し、一瞬にして地獄の蛇《ヘルスネーク》を飲み込むと、その炎の嵐は必死にその場から逃げ出そうとする地獄の蛇《ヘルスネーク》を閉じ込め、数秒足らずで燃やし尽くした。

第3話　ミーシャ

「――マルス！　大丈夫？」

涙で目を腫らしていても、一目で容姿端麗と分かる美少女が駆け寄ってくる。

「ああ、クラリスが守ってくれたのか？」

「分からない。ただただ必死だったから。怪我《けが》は？　本当に大丈夫？」

「本当に大丈夫だよ。でも情けないことに今になって震えが……」

その証拠に俺は今、臀部《でんぶ》を地面に落とし、立つことができない。

「そんなことないわよ。あの時みたいにカッコよかったわよ」

「ははは。ありがとう」

情けない姿を晒《さら》しても肯定してくれるクラリス。惚《ほ》れない理由がどこにもない。

「そういえばあのエルフの子は？」

「ええ、馬車の中に避難してもらったわ。まだ怖がっているかもしれないから早く戻りましょう」

透き通るような白い手をクラリスが差し出しくれる。その手を取り、地獄の蛇《ヘルスネーク》の魔石を回収してから馬車に戻る。

「大丈夫かい？　怪我はないかい？」

「冒険者？　商人に言われて私を取り戻しに来たの？　絶対に戻らないから！」

「確かに私たちは冒険者だけど、あなたを商人に渡したりはしないわ。あなたはどこから来たの？　私たちは西の方に向かうのだけど、目的地が西だったら途中まで一緒に行く？」

いつものクラリスの可愛《かわい》らしい声に優しさを含ませて話しかけると、エルフの子の警戒心が少し溶け、すがるような声で問いかけてくる。

「私を商人の所へ連れて行かないの？　本当に？」

「本当さ。僕たちはそんなことしない。だから教えてくれ。どこに行きたい？　可能な限り協力はする」

クラリスを見習い、可能な限り優しい声で話すと、俺にも少し心を開いてくれた。

「あ、ありがとうございます。本当に……助けてくれて……」

エルフの子は涙ながらに続ける。

「どこに行けばいいのか分からないの……お母さんと一緒に来たから……街でお母さんとはぐれて……商人にお母さんの居場所知っているからついておいでって言われて……」

「典型的な奴だな……お母さんとはぐれたのはいつ？　どこでか分かるかい？」

「多分三日前、場所は分からないけど迷宮都市って言ってた」

「分かった。じゃあこの先の街で迷宮都市について調べてみよう。俺はマルス、よろしく」

「私はクラリス。よろしくね」

「ミーシャです。少しの間お世話になります」

早速俺はミーシャを鑑定してみた。

【名前】ミーシャ・フェブラント
【称号】ー
【身分】妖精族《エルフ》・平民
【状態】良好
【年齢】七歳
【レベル】３
【ＨＰ】15／18
【ＭＰ】２／52
【筋力】６
【敏捷】８
【魔力】９
【器用】８
【耐久】４
【運】10
【特殊能力】槍術　Ｂ（Ｌｖ０／17）
【特殊能力】水魔法　Ｃ（Ｌｖ１／15）

【特殊能力】風魔法　Ｃ（Ｌｖ１／15）

なっ⁉　凄い才能の持ち主だな。才能だけでいえばアイクとほぼ同じだ。

エルフってクラリスのように弓が得意なイメージがあるのだが、この子は槍術《そうじゅつ》が得意なのか。

ステータスはほぼ予想通りで筋力と耐久値が低い。

それにしても俺らと一歳しか変わらないのか……かなり小さく見えるな。

エルフは十五歳くらいまでは人間と一緒の速度で成長すると聞いた気がするんだけど……個人差かな？

「ま、マルスさん？　何か変な視線を感じるんですけど？」

ん？　鑑定しているのがバレたのか？　しかしクラリスはそうは思わなかったようだ。

「マルス。もしかして？」

頬を可愛く膨らませジト目で見てくる。もしかして嫉妬してくれているのかな？

「いや、ごめん。そんなつもりはないんだ。まさか俺たちと年齢が一歳しか離れていないなんて」

「え？　ミーシャ七歳なの？」

これにはクラリスも驚くが、さらに驚くべき言葉が発せられる。

「あれ？　私年齢言いましたっけ？　確かに今は七歳ですけど、もう少ししたら八歳……」

「えー⁉　今年で八歳？　私たち同い年だよ！」

ミーシャの言葉にクラリスが食い気味で答えると、ミーシャもそれに驚き、

「えっ!?　マルスさんもクラリスさんも同い年？　でもさっき冒険者って言ってましたよね？　冒険者は十二歳からしかなれないのでは？　二人とも大きいし、クラリスさんなんてもう胸が膨らんで……」

　自分の胸とクラリスの胸を何度も見比べながら言う。

「ちょ!?　変なことを言うのはやめてよ!?　本当に私たちは八歳でE級冒険者よ。ほら、これを見て」

　クラリスが銅製の冒険者カードを見せると、ミーシャが納得する。

「――――本当だ……色々な街に行って同い年の子を見るけど、こんなに大きい人を見るのは初めて」

　そう言いつつまだミーシャの視線はクラリスのそれに釘付《くぎづ》けとなっていた。

「とりあえずミーシャ、身を清めようか？　着ている服も汚れてしまっているし、クラリスの服を借りるのはどうだろうか？」

　今度はクラリスだけでなく、ミーシャもジト目で睨《にら》んでくる。

「マルス、ちょっと変なこと考えてないでしょうね？」

「マルスさん……？」

「そんなわけないだろう……し、信じてください……」

　土魔法で桶《おけ》を作り、そこに水を溜めて、火魔法で温めたものをクラリスに渡し、馬車から離れ、南の方の警戒にあたる。

遠くに見える森には何か靄《もや》というか薄いヴェールのようなものがかかっていた。あれが魔の森か。魔の森というだけあって不気味だな。

時間にして二、三十分といったところだろうか。馬車の中から、俺を呼ぶ声が聞こえる。

ワゴンの中を覗《のぞ》くと、ブカブカなパーカー……もとい法衣を着た美少女がちょこんと座っていた。

ぱっちりした目は赤茶色。鼻は思ったほど高くなく、薄い唇。細く尖った耳に、ツインテールに結ばれている艶のある翠玉《エメラルド》色の髪の毛。やはりエルフって美形なんだなと思わせるにふさわしい容姿であった。

こんな子を奴隷にするなんて、けしからん。商人には絶対に引き渡さないぞ。

ミーシャの着替えが終わると逃げるようにこの場から立ち去る。ここでもたもたして地獄の蛇《ヘルスネーク》に再度襲われるなんて笑えないからな。

急いで馬車を走らせると、ワゴンの中の二人はすでに打ち解けていた。

同い年ということもあるだろう。また境遇も似ているのかもしれない。

二人の会話に混ざりたい気持ちもあるが、俺は御者台に座らなければならないし、女の子同士の方が話も盛り上がるだろうからな。

それに気になること……警戒しないといけないこともある。

俺はビートル伯爵を完全に信用しているし、信用に足る人物だと思っている。そのビートル伯爵が避けるように設定した街に向かっているのだ。

　本当は先ほどまでいたポロの街に引き返したいのだが、今から戻るとなると到着する前に完全に日が沈んでいるだろうから、別の意味で危険を伴う。

　クラリスだけでなく、ミーシャも守らないといけないとなると、今まで以上に警戒する必要がある。

　そのためにも今一度自身を鑑定してみた。残りＭＰのこともあるし、強敵が現れた場合、戦闘するか逃げるかの判断もしないといけないからな。

【名前】マルス・ブライアント
【称号】風王／ゴブリンスレイヤー
【身分】人族・ブライアント子爵家次男
【状態】良好
【年齢】八歳
【レベル】21
【ＨＰ】１３０／１３０
【ＭＰ】５２５４／７８４５
【筋力】83
【敏捷】88

【魔力】１２５（＋１）
【器用】１１１
【耐久】81
【運】30
【固有能力】天賦（ＬｖＭＡＸ）
【固有能力】天眼（Ｌｖ８）（７→８）
【固有能力】雷魔法　Ｓ（Ｌｖ０／20）
【特殊能力】剣術　Ｂ（Ｌｖ６／17）
【特殊能力】火魔法　Ｆ（Ｌｖ５／８）
【特殊能力】水魔法　Ｇ（Ｌｖ３／５）
【特殊能力】土魔法　Ｇ（Ｌｖ２／５）
【特殊能力】風魔法　Ａ（Ｌｖ13／19）
【特殊能力】神聖魔法　Ｃ（Ｌｖ６／15）
【装備】ミスリル銀の剣
【装備】風の短剣《シルフダガー》
【装備】偽装の腕輪

脅威度Ｂ$^{-}$の地獄の蛇《ヘルスネーク》を倒したにもかかわらずレベルは上がっていなかった。

収穫といえば、魔力が1上がったのと、天眼のLvが8に上がったことだ。

天眼で何かできるようになったことがないか、後で試してみようと思うと同時に、やはり雷魔法はなんとしても習得しなければと再度心に決める。

今までは風魔法と剣術だけでなんとかなったが、脅威度B−の魔物でこれだけ苦戦するんだ。それ以上の魔物には通用しない可能性がある。ただ毎日のように雷魔法を試しているが、どうにもならないのが現状だ。

次にワゴンの中でミーシャと楽しそうに話しているクラリスを鑑定した。

【名前】クラリス・ランパード
【称号】ー
【身分】人族・ランパード男爵家長女
【状態】良好
【年齢】八歳
【レベル】21（＋1）
【HP】103／103
【MP】245／562
【筋力】43（＋4）
【敏捷】46（＋4）

【魔力】63（＋6）
【器用】68（＋7）
【耐久】44（＋4）
【運】20
【固有能力】結界魔法　G（Lv1／5）（0→1）
【特殊能力】剣術　C（Lv3／15）
【特殊能力】弓術　B（Lv5／17）（4→5）
【特殊能力】水魔法　C（Lv2／15）
【特殊能力】神聖魔法　A（Lv6／19）
【装備】ディフェンダー
【装備】魔法の弓矢《マジックアロー》
【装備】聖女の法衣《セイントローブ》
【装備】神秘の足輪《ミステリアスアンクレット》
【装備】誓愛の髪飾り

なんで俺のレベルが上がらなくてクラリスのレベルが上がっているのだろうか？

まぁそれは置いておくとして、ついにクラリスが結界魔法を覚えていた！　やはりあのガラスが割れたような音はクラリスの結界魔法で地獄の蛇《ヘルスネーク》を弾いた音だったのか！

あの魔法が意図的に発動できるようになれば鉄壁の防御となる。

まだ俺のＭＰにも余力がある。クラリスのＭＰが心許《こころもと》ないが、脅威度が高い魔物と戦うときには俺が前に立って戦えば問題ないだろう。

隣の町に着くまでに散発的に魔物と遭遇したが、脅威度が高い魔物とは遭遇しなかった。

コボルトやゴブリンだったので、クラリスにお願いし、ディフェンダーで魔物たちを屠《ほふ》る。

クラリスが戦闘から戻ってくるとミーシャがはしゃぐ。

「クラリスは強いね。同い年なのに。私もクラリスのように強くなりたい」

「私はまだまだよ。私よりもマルスの方が強いわ」

「マルスが強いのは、さっきの戦いを見ていたから分かるよ。あと一つ聞いていい？　マルスはクラリスの従者さん？」

「違うよ、私とマルスは……友達ね。今は」

いつの間にかミーシャは俺のことも敬称なしで呼ぶようになり、ワゴンの中は常に笑いに包まれていた。

エルフってもっと寡黙でとっつきにくいイメージだったので完全に裏切られたが、こっちの方が断然いいな。

周囲を警戒しつつも二人の会話をＢＧＭ代わりにしながら、馬車を走らせる。

ビートル伯爵のルートで不自然に避けられていた隣街のガナルが見えてきたのは、日が沈む夕刻前のことだった。

第4話　ガナル

「ミーシャ、少し込み入った話を聞いてもいいか？」

ガナルの街を目前に、壊れたラジオのようにずっとクラリスに話しかけていたミーシャに問う。

「どうしたの？」

笑顔を崩さず俺の方に向き直るミーシャの目には、警戒心などなかった。

「迷宮都市にいたと言っていたけど、何故迷宮都市にお母さんと来たんだ？」

「ん？　お母さんも冒険者だからクエストを受けに来たんだと思う」

やけに冒険者のことに詳しいと思ったが、やはり親は冒険者か。ミーシャの才能は遺伝もあるのだろう。

「ミーシャを攫った人を覚えているか？」

「分からない……すぐに目隠しをされちゃったから」

自分の身体を抱え震え出す。ミーシャはすっかり怯《おび》えてしまったようだ。必要なこととはいえ、誘拐されて親と離れてしまった子にこれ以上何か聞くのは酷かもしれない。

隣に座っていたクラリスが震えるミーシャを優しく抱擁《ほうよう》し、天使のような声でミーシャを落ち着かせる。

「すまない。もう着く。ここは街の北側だから魔の森から魔物が襲ってくるとは考えにくいが、警戒はしておいてくれ」

　わざわざ南側から北側まで回り込んだのは、魔の森から魔物が襲ってきた場合、一番遠い北側にいれば逃げられる可能性が高くなると思ったから。クラリスとミーシャと一緒に街の中に入らないのは、ビートル伯爵が通らぬように設定していた街だからだ。

　夕方ともなると、主婦が食材を求めては露店に吸い込まれ、子供たちはチャンバラごっこをしながら帰路に就く。メインストリートには生娘の注文を受ける声と仕事を終えた労働者や冒険者たちが豪快にグラスを合わせる音がそこら中で鳴り響く。

　いつから飲んでいるのか分からない回遊魚たちが次の店を探していると、見ているこっちが恥ずかしくなるくらいに胸をはだけた戦闘態勢バッチリの女が自分の店へと攫って行く……というのが、これまで俺たちが泊まっていた街なのだが、このガナルは違う。

　まるで俺の足音以外の音がすべて奪われたかのような静寂に包まれている。

　露店が出てなく人影も少ないが、そのほとんどからべったりとした視線を感じる。

「お兄さん！　冒険者……いや、騎士見習いかい？　かなりいい剣をぶら下げているみたいだけど、こっちも業物だ！　今なら金貨十枚で都合できるがどうだ？」

　冒険者ギルドを目指していると、路地裏から俺に熱い視線を送っていた悪人面の男が声をかけてくる。

　手にはキラキラしたものが鏤《ちりば》められた一振りの剣。

「いえ、手持ちがないので」

やんわり断るが、俺のことをカモと思ったのか商人がさらに食い下がる。

「そんなこと言わないで。いい装備を得られるチャンスは逃がしちゃダメだ。分かった！　じゃあ金貨五枚だ！　な？」

本当に手持ちがないと言い切ってその場を切り抜けた。ナマクラに金貨五枚を出すほどの浪費癖は持ち合わせていないからな。

冒険者ギルドの扉を開けると、中には五人の冒険者と受付の女性が一人。

冒険者たちはギルドの中だというのに酒を煽《あお》りながらぼそぼそと何かを話をしていたようだが、俺を確認すると値踏みするような目で見てくる。ガナルの街に入ってから絶えず感じていたべったりするような視線だ。

「あの、この辺りに宿はありませんか？　なるべくセキュリティの高い宿がいいのですが……あとお使いクエストを受けたいのですが、簡単なクエストってありませんか？」

迷子のクエストとかありますか？　と聞かなかったのは、ミーシャを攫った商人がミーシャを捕えようとここにもクエストを依頼しているかもしれないから。

それでもお使いクエストがあるか聞いたのは、ミーシャの母も冒険者ギルドを通じてミーシャを探しているかもしれないと思ったからだ。

「宿はここのはす向かいにあるよ。お使いクエスト？　ここにはそんなクエストはないね」

俺の質問に四十代くらいで口角が下がった受付の女性が、眉間にしわを寄せ、手でしっしっと出て行けと言わんばかりのジェスチャーをしながら答える。

「ありがとうございます」

ここでも波風を立てないように頭を下げギルドを出ると、馬車とも宿とも反対方向の街の南側へ逃げるように走る。

先ほど俺にナマクラを売りつけようとした男が、ガラの悪い連中を連れて路地裏から俺の方を窺《うかが》っていたからだ。案の定俺が南に走ると、そいつらも俺を追いかけてくる。

街の南に向かう途中で路地を曲がると、《風纏衣《シルフィード》》を纏い、後ろからつけてきた奴らを撒《ま》く。

「気づかれたか⁉」

「かもな。だが焦らなくてもいいさ。まだこの街にいるはずだからな」

油断しているのか俺を追ってきた奴らは大声で話している。するとそこに、冒険者ギルドで酒を煽っていた五人の冒険者も合流する。こいつらグルだったのか⁉

「あいつ八歳でE級冒険者だとよ」

「八歳⁉　十歳から十五歳くらいかと思ったがこりゃあいい、若い方が高く売れる！　それにE級だと⁉　八歳でE級なんてありえねぇ！　どこかの貴族が力でねじ込んだか⁉　確かに装備も豪華だった。パワーレベリングしまくった結果だろう。顔立ちもかなり良かったから、これは相当期待できる値がつくぞ！　早く捕えて売りさばいちまおう！」

「そうだな。夜にはオークションが始まる。それまでには捕らえないとな」

オークション？　売りさばくというのは俺を？　ってことはこの街では……。

クラリスたちを連れてこなくて正解だったな。早く戻って相談しないと。

どうにか北側へ向かおうとしたのだが、通りはどこも塞がれている。あんなに閑散としていたのに、今では街中で人々の蠢く音が絶えず耳に入ってくる。

それでも見つからないように息を殺して北門方面に移動していると、

「よし！　すべての街門の封鎖ができた！　あとは小僧を捕まえるだけだ！」

街中に街門を封鎖したという声が響く。

――くっ⁉　完全に包囲されたか……だったら仕方ない。

意を決してメインストリートを闊歩《かっぽ》すると、すぐに「いたぞ！」という声が街中に響き、男たちが集まってくる。

「坊主？　どこに行く？　外は危険だから出歩かない方がいいぞ？　たとえE級冒険者だとしてもな」

俺の前に立つのは、ガラの悪い男六人。先頭には先ほど俺にナマクラを売りつけようとした男。

さっきはお兄さんと呼んできたのに、今は坊主か。

「ありがとうございます。でも僕は外から来たので大丈夫です。それでは失礼します」

当然男たちは俺の行く手を遮る。

「おいおい、大人の言うことは聞くものだぜ？　なぁ？　俺らが保護してやるから。ちょうど外に坊主と同い年くらいの女の子たちを見つけたんだ。坊主と女の子たちの三人で少しの間楽しむっていうのはどうだい？」

――――なっ⁉　クラリスが捕らえられた⁉　こいつらの実力はE級冒険者くらいだ。クラリスが後れを取るほどの相手ではないはずだ……いや、ミーシャを庇《かば》いながらだとそう簡単ではないか。

「分かりました。素直に従いますので、女の子たちと会わせてください」

まさか俺が素直に従うと思わなかったのか、面喰らっていたが、すぐにニヤニヤしながら男が答える。

「素直なのはおじさんも嫌いじゃないからな。ただし、女の子たちに手を出すなよ。大事な商品なんだからな。まずは剣をそこに置け」

商品だと⁉　湧き上がる激情を必死に堪《こら》え、ミスリル銀の剣を地面に置き、男たちの後についていく。

男が立ち止まると、そこには大きな屋敷があり、俺たちの馬車も止まっていた。

屋敷の前を警備していたごろつきたちに男が指示を出す。

「おい、このガキをさっき連れてきた小娘たちの所に連れていけ。こいつも今日捌《さば》くから危害は加えるなよ！　絶対にだぞ！」

「へい！　分かりました！　ヒドーさん！」

背筋をピンと伸ばし、返事をすると、ヒドーは満足しどこかに立ち去る。残された俺は、ごろつきの後についていき、二階の一番奥の部屋に通された。

部屋の広さは十畳くらいで、なんとか腕を出せるくらいの小窓が一箇所。キングサイズくらいのベッドに椅子が二脚。

　ベッドの上には横になっているミーシャと、椅子に座りながら注意深くこちらを見つめるクラリスの姿があった。

「おい、妙な気は起こすなよ！　ただでさえ今日はやばいんだ！　何かしたら手加減できないからな！」

　ごろつきが威嚇しながら吐き捨てると、俺を突き飛ばし、外から部屋の鍵を閉めてしまった。

「大丈夫か⁉　何があった⁉」

　部屋の中にあった椅子をクラリスの隣に持っていき座ると、ごろつきが部屋の外に出て気が抜けたのか、それとも俺が来たことで気が緩んだのかは分からないが、クラリスの頬が少し緩み、目には涙がたまる。

「マルス……」

「……クラリス？　もしかして何かされたのか？」

　その表情に一抹《いちまつ》の不安が過り、心臓が早鐘《はやがね》を打つ。

「ううん。私は……私たちは何もされていないわよ。商品に手を出すというのはあの人たちにとって人殺しよりも重いことみたい」

　俺がどれだけ心配していたのかクラリスにも伝わったらしく、

「ありがとう。心配かけてごめんね」

　と涙声になりながらも謝る。

「いいんだ。俺だって捕まってしまったから……」

　でもどうして？　と聞く前に、クラリスが答えてくれた。

「街からあいつらが出てきてね。すぐにミーシャと二人で逃げようとしたの。でも馬車から降りたらミーシャの意識が急になくなって……息はあるんだけど……」

　クラリスの声がどんどん尻つぼみになり、しまいには涙を堪えきれず顔を覆ってしまう。

「大丈夫だ。ミーシャはただ寝ているだけだよ」

「だって走り出して急に眠るなんて……」

「きっと魔法か何かじゃないか？　鑑定しても睡眠となっているから、安心してくれ」

　いつ起きるかは分からないが、という言葉も付け足そうとしたが飲み込んだ。これ以上クラリスの心に負担をかけるのは憚《はばか》られる。

「……良かった……良かった」

　顔を覆う手から涙が零《こぼ》れてくる。クラリスを抱きしめたかったが、こんな時に抱きしめていいのかも分からない。震える肩に両手を軽く乗せ、「大丈夫。よくやった」と言ってやることしかできなかった。

　それが良かったのかどうかは分からないが、クラリスは顔を手で覆いながらも、ちょこんと俺の胸に頭を乗せるように寄りかかってくる。

　その状態でクラリスが落ち着くのを待つ。クラリスはひとしきり泣くと「ありがとう」と言って俺の胸から離れる。

「ミーシャが意識を失った後ね。私も少しは抵抗しようとしたの。何人かはね、《ウォーター》で退けることができたのだけれど……私が戦っている間に意識を失っているミーシャが捕らえられて……」

多勢に無勢だ。それは仕方ない。

「その状況ではどうしようもないな。よく頑張った」

「……うん。あとね、ここに連れて来られる間にね、会話を盗み聞きしたのだけれども、あの人たちが目深に被っていたミーシャのフードを取って顔を確認した時に、ヤバい奴を連れてきちまったかもしれないって、【風雅】のサーシャの娘だったらって、慌てていたわ」

【風雅】のサーシャ？　ミーシャの母親の名前か。ミーシャの母親はあいつらに慌てさせるほどの存在なのか。

「それで？　他に何か言っていたか？」

「うん。こんなヤバい奴は一刻も早く売ってしまおうって。エルフの子は希少だからとんでもない値がつくって」

あらかた説明をしてくれたクラリスの表情はどこか疲れていた。

「クラリス、少し疲れたんじゃないか？　クラリスもミーシャの隣で横になった方がいい」

俺の言葉に頷《うなず》いたクラリスは、

「……ちょっとお願いがあるのだけれども……いい？」

俺の顔を覗き込むようにして聞いてくる。その頬は朱に染まっていた。

「え、あ、ああ」

急に視界がクラリスにジャックされ、体温が一気に上がったのが分かる。恥ずかしくて視線を外そうにも、俺の目は言うことを聞いてくれず、目の前の美少女にロックされてしまった。

「肩を借りてもいい？」

「か、肩？」

「うん。ベッドで寝るのではなくて、グランザム迷宮《ダンジョン》で仮眠を取っていた時のように……ダメかな？」

少し不安そうな表情を見せながらも、耳まで赤くなっている。クラリスを抱きしめたい衝動に駆られるが、それを悟られぬように心を鎮めながら答える。

「あ、ああ。もちろん」

クラリスの顔にパッと花が咲き、座っていた椅子を部屋の隅に置くと、腰を下ろして壁にもたれかかる。

俺も椅子をどかし、クラリスの隣に座ると、フローラルの匂いと共に、クラリスの頭が遠慮がちに俺の右肩に乗った。

どうしようか迷ったが、勇気を振り絞って右腕をクラリスの背中に手を回し、右肩を抱くと、クラリスは「ありがとう」と言い、目を閉じる。

クラリスが目を閉じたことで、ようやくクラリスから目を離すことができた俺は、これまでのことを少し整理する。

ヒドーたちの会話、そしてクラリスが教えてくれたこと。これらの情報から推察するに、今夜恐らく人身売買が行われるのだろう。最悪俺たちは奴隷として売られるのかもしれない。

ミーシャが急に眠りについたのも気になる。

これがもしあいつらの魔法の効果であれば、俺たちも眠らされる可能性がある。逃げる時にはこの対策もしなければならない。

情報が少なすぎる今、迂闊に動いてもきっとまた捕まり、酷いことになる可能性だってある。逃げるのであれば夜。闇に紛れるのが一番だ。

来《きた》る時までに体力を少しでも回復させるために、俺も目を閉じた。

「……あれ？　ここはどこ？」

目を閉じるだけに留めておくつもりだったのだが、俺も寝てしまっていたようで、ミーシャの声で目を覚ます。その声はかすかに震え、怯えたような表情をしていた。

「ミーシャ、安心して。マルスも一緒だから」

目を覚ましたのは俺だけでなく、クラリスもだったようで、すぐに俺の隣から離れ、ベッドで体を起こしているミーシャの隣に腰掛け抱きしめる。

「うん。で？　ここは？」

クラリスに抱きしめられたミーシャはすっかり落ち着きを取り戻し、改めて俺たちに問う。

「ここは……恐らく奴隷商の屋敷だ」

「――――えっ⁉」

俺の返事に一瞬ミーシャの表情が曇るが、クラリスがさらに強く抱き、

「安心して。マルスも一緒だから。ミーシャも見ていたでしょ？　マルスは魔の森の魔物を倒せるくらいの実力があるの。捕らわれた私たちを助けるためにマルスも捕らえられたのよ」

少し脚色しているが、クラリスの言葉にミーシャも納得した素振りを見せる。

「そうだね。マルスとクラリスがいれば安心だね」

努めて明るい声を出そうとしているのが、俺にすら伝わる。

「ミーシャ。ミーシャのお母さんのパーティ名は【風雅】で名前はサーシャか？」

「うん！　でもどうして⁉　どうしてお母さんのパーティ名と名前を知っているの⁉」

気を紛らわせてあげようと質問すると、今度は自然にミーシャの顔が晴れていく。

「ああ。ここにいる奴らがミーシャの顔を見た途端に慌てふためいたそうだ。ミーシャのお母さんのサーシャさんは一目置かれているようだけど、どんな人なんだ？」

「お母さんはね！　B級冒険者なの！　それもかなり強いんだよ！　どこの街にいってもみんなが憧れの眼差《まなざ》しで見るお母さんは、私の自慢なんだ！」

こんな状況にもかかわらず、ミーシャの嬉《うれ》しそうな顔と声で雰囲気が明るくなる。この子の笑顔は周囲の空気を一変させる何かがあるな。

「そうか。きっとサーシャさんもミーシャのことを探しているだろうから、俺たちもできる限りのことはしよう」

「うん！」

　ミーシャが返事をすると、窓の外が少し騒がしくなった。

　それに気づいたクラリスが小窓から外を覗く。

「ねぇ！　屋敷から人が連れ出されているわよ！」

　クラリスに場所を変わってもらい、外を確認すると手縄をされた者たちが屋敷からどんどん連れ出されていた。

　かなり大きい屋敷だとは思ったが、こんなにも収容できるのか？　もしかしたら地下室でもあったのだろうか？

　しばらく外を見ていると、この部屋に向かってくる足音がし、開錠する音が聞こえた。

「おい！　外に出ろ！」

　扉の外には十人以上のごろつき。ここで大立ち回りをしてもミーシャを人質にされてはどうしようもない。大人しくごろつきの言う通り、部屋の外に出る。

「小僧！　お前は手縄だ！」

　腰の後ろに手を回され、俺だけ手縄をされる。手縄は麻。捕まる時に無駄な抵抗をしなくて良かった。もしも俺が風魔法使いとバレていれば、もっと厳重に縛られていたかもしれないが、これであればいつでも《ウィンドカッター》で切ることができる。

　オークション会場は街の北西にあるようで、俺たちの周囲には十人以上のごろつきがおり、周囲を警戒しながら護衛についていた。そんな彼らから思わぬ情報を得る。

「聞いたか？　隣のポロの街にサーシャが娘を探しにきたらしいぞ？」

俺たちがいることなんておかまいなしに話すごろつき。

「ああ。さっき聞いた。もしかしたらこっちに向かってくるかもしれないから、今日は早めに終わらしちまおうってヒドーさんが言っていたな。さすがに真っ向から【風雅】と構えるのはまずいだろうからな」

こっちのごろつきも知っていたのか。

こいつの話だと、ミーシャの母のサーシャは相当な手練《てだ》れだ。

逃げ出すことを考えていたが、サーシャがこっちに向かってきているのであれば、時間を稼ぐ方が安全かもしれない。

さすがにこいつらの話を鵜呑《うの》みにすることはできないが、ミーシャもその実力に太鼓判を押しているのだ。念頭に置いておこう。

まだサーシャの件で話しているごろつきたちの隙を見て、クラリスに気になったことを小声で質問する。

「装備品はどうした？」

「ディフェンダーと魔法の弓矢《マジックアロー》は取り上げられたけど、身に付けている物に関しては何も取られなかったわよ。私たちには極力触れてはダメらしくて、ミーシャもフードを取られた時以外は触れられてないの」

少しでも価値の下がる行動はしないということか。商売熱心で助かったな。

オークション会場と思われる所に着くと、俺たちは集まっている者たちに見つからないようにステージ裏手の上手側に連れていかれる。

そこには俺たち以外にも今日売りに出されるであろう者たちがたくさんいたが、不思議なことにそのほとんどから悲壮感は覚えなかった。

こっそり会場を見ると、華やかな衣装に身を包んだ者たちが、グラスを片手に顔を上気させながら今か今かとオークションの開始を待ちわびていた。

中には商人風の装いをした者もいたが、そのほとんどがベネチアンマスクや顔を隠すような仮面をして、身元がバレないようにしていた。

会場の熱気が高まり、酔った客から「早く始めろ！」などと怒号が飛び交った矢先、ついにオークションが始まる。

「大変長らくお待たせいたしました！　これよりヒドー商会主催のオークションを始めます！　ラストには近年稀《まれ》……いえ、ヒドー商会始まって以来の上物がございます！　皆さま奮ってご参加ください！」

正装した司会者の開会の挨拶と共に、会場が一気に盛り上がる。

「ではまず栄誉ある一人目の紹介です！」

司会者がそう言うと、俺たちとは反対の下手側から男がステージに上がる。その顔を見た俺とクラリスは「あっ！」と驚きの声を出してしまった。

「まず一人目は、ザルカム王国の東端の街、グランザムの元男爵。元貴族だけあって文字の読み書きや計算などの教養は身についています。お値段はなんと破格の金貨一枚から！　それでは張り切ってどうぞーーー！！！！！」

そこには手に縄、口には猿轡《さるぐつわ》をされたダメーズ・バーカーがいた。

必死になって何かを叫んでいるようだが、猿轡をされているので何を言っているのか分からない。

「…………」

あれだけ騒がしく熱気があったのに、まるで葬式かのように静まり返った会場に響くのはダメーズの呻《うめ》き声だけ。

これには司会者が慌てて、

「さぁ金貨一枚ですよ！　元男爵ですよ！　お買い得ですよ！　張り切ってどうぞ！」

と言っても誰も反応しない。痺《しび》れを切らした司会者は、

「では銀貨五枚で！　破格です！」

必死になってダメーズをアピールするが、会場は相変わらずのお通夜状態。

ダメーズはもう呻き声すら出さず呆然《ぼうぜん》としている。

何分粘ってもダメーズには買い取り手がつかず、結局上手の俺たちの方へ戻された。

さらに近くにいたごろつきたちが追い打ちをかける。

「だからこいつをオークションにかけるのはやめた方がいいって言ったんだ。こんなに白けたの

は俺がヒドー商会に入ってから始めてだぜ」

「違《ちげ》ぇねぇ。オークションの開始価格より値段が下がっているにも拘《かかわ》らず売れないなんて、前代未聞だろ？」

　これにはさすがの俺も同情してしまう。

　その後順調に奴隷オークションが進められていく。大体金貨二十枚～三十枚が相場のようだ。女の方が高く、男は顔立ちが良かったり、ステータスが高かったりするほど高価なようだ。

　そしてここからダメーズの地獄が始まる。売買が成立するたび、必ずダメーズが再出品されてそのたびに静寂が訪れた。

　ダメーズ二回目の出品の際は銀貨四枚、三回目の出品の際は銀貨三枚とどんどん値段を下げられても、決まって訪れるのは静寂。

　もう何度目の登場となった時だろうか？　ダメーズの値段は鉄貨七枚にまで値が下がっていた。

　それでもまだ誰も声も手も上げない。

　そしてまた肩を落としてこっちに戻ってきた。自分の価値がどんどん下がっていくことに絶望しているのであろう。

　そんな時に俺と目が合うと、それまで死んでいたダメーズの目が急に生き返った。

「おまぇぇえええええぇぇ！！！！」

　奇声と同時に暴れ出したが、急に変な笑い声をあげておとなしくなった。俺も同じ目に合うのだろうと考え、ざまぁみろと思っているのかもしれない。まぁ何はともあれ元気を取り戻したようでよかったよ。

そしてついに俺の番。

それまで周囲を窺い、いざという時のために逃走ルートを探っていたが、予想を超えるごろつきの数に逃走ルートが見つからない。

だがずっと辺りを注意深く見ていたことで収穫もあった。取り上げられていたミスリル銀の剣とクラリスのディフェンダー、魔法の弓矢《マジックアロー》をごろつきが持ってきていたのだ。

「さぁ次に紹介しますのは、今日の目玉の一人！　この見た目でまだ八歳！　躾《しつけ》がしっかり施されております！　金髪金眼で容姿端麗、まさに欠点がない男の子！　アクセサリー替わりにするのもいいかもしれません！　金貨五十枚からです！！！！！」

おぉー！　俺は金貨五十枚からだ。自分に値段をつけられるのは嫌だが、それでも本日一番の金額に少しだけテンションが上がる。

俺の紹介が終わると会場内は今までにない盛り上がりを見せた。

「百枚よ！」

「こっちは二百！」

「五百枚でどうかしら!?」

声を上げるのはイブニングドレスにベネチアンマスクをした女性たち。

あっという間に金貨五百枚を超えた時に物言いが入った。

「主催者側に質問だ。こいつを紹介するとき、今日の目玉の一人と言っていたな？　あと何人いる？」

　黒い仮面で顔を隠した男が司会者に質問する。

「あと二人でございます」

　まとめて見せてくれとその男が言うと、会場の声もそれを後押しする。司会者が一度ステージから降り、裏手にいたヒドーに確認をしてから再度戻ってきた。

「異例ではありますが、それではあと二人を紹介します！　まずは透き通る肌に艶やかな銀髪と澄み渡った水晶のような青い目、まだ八歳とは思えぬその姿は一度目にすると決して目を離すことができないほどの美少女です。養女にすれば、他の貴族への有利な婚姻はもちろん、そのまま自分のものにしてもらっても結構です！」

　そう紹介されステージに上がるのはもちろんクラリス。会場は狂乱状態だ。

「そして最後に紹介しますのは、翠玉《エメラルド》色の髪に赤茶色の目をした少女です！　そうこの子はエルフ！　非常に希少なエルフです！　今後このような商品が出回ることはないでしょう！」

　ミーシャが怯えながらステージに立つと、本日最高のボルテージでステージが歓声によって揺れるほどだった。

　あまりの騒ぎに、ダメーズもステージの隅にこそっと連れてこられたのには誰も気づいていなかった。

第5話　襲撃

「金貨五百枚！」

「金貨七百枚だ！」

「白金貨一枚よ！」

主催者側が四人をまとめて売るということで値が高騰している。

買う方は気づいているのだろうか……このステージには俺たち三人の他にも、隅っこに連れられてきた男がいることを。

「子供三人に白金貨って……こっちの人たちは皆ロリコンなのかしら？」

少し呆《あき》れた顔で話すクラリスの声はわずかに震えていた。そうだなよ。男たちのクラリスとミーシャを見る目は血走り、欲にまみれている。もしもこんな奴らに買われるとなると……絶対にそんなことはさせてはならない。

怖いという感情を露《あら》わにしないのは、ミーシャを怖がらせないためだろう。

そんなクラリスの想いをかき消すように、会場はさらにヒートアップする。

「白金貨一枚！　金貨百枚！」

「白金貨一枚！　金貨三百でどうだ！」

「まだよ！　白金貨一枚！　金貨五百！」

もうこれだけヒートアップしていれば、俺たちの声が他の者たちに聞こえるわけがない。

「クラリス、気づいたか？　俺たちの武器が近くまで運ばれている。何かあったらすぐに武器を取り返しにいくぞ」

ステージ上手を見ると、熱気に気圧《けお》されているダメーズの姿が……その先の裏手まで視線を伸ばすと、とどまることを知らない俺たちの値段に興奮し、唾を飛ばしながら盛り上がるごろつきたちの姿があり、武器はその近くに無造作に置かれていた。

クラリスも俺の視線を追い、確認する。

「くそ！　白金貨二枚！」

「白金貨二枚！　金貨五百枚！　俺に銀髪とエルフを寄越せ！」

「白金貨三枚よ！　あなたたちいい加減諦めなさい！」

天井知らずに値段が上がっていくと、先ほどまでは優雅に振舞っていたオークション参加者たちのメッキも徐々に剥がれ、入札する声に殺気がこもる。

「こ、怖い」

感情をむき出しにした参加者にミーシャが怯え、俺たちの後ろに隠れようとした時だった。

先ほど司会者に問いかけた黒い仮面の男が、冷たい声で初めてオークションに参加した。

「白金貨五枚」

「「――――なっ⁉」」

その言葉に会場中が一瞬息を飲む。

しかしすぐに、白金貨三枚まで値段を吊《つ》り上げた俺にご執心と思われる女性が足掻《あが》く。

当然その女性もベネチアンマスクをしており、ステージの上からでもベネチアンマスクの中でキョロキョロと動く瞳が、少し濁っているのが分かった。

「白金貨五枚　金貨百枚よ！　もうなんでも擲《なげう》ってやるわ！」

女はひどく興奮していたが、俺たちを落札したのはその女ではなかった。

「白金貨十枚」

無機質な言葉が会場に響く。

「なっ!?　なんと!?　白金貨十枚!?」

あまりもの金額に司会者が驚きの声を上げる。

「白金貨十……」

女が仮面の男に対抗しようとすると、隣にいた従者と思わしき者が必死に女を宥める。その男も身元がバレないように顔には紫色の仮面。

「お、お嬢様！　予算オーバーです！　今日はもう三人の奴隷をお買い求めになったではありませんか。これ以上は旦那様にも……」

「うるさい！　爵位でもなんでも売って絶対にあの子だけは手に入れるわ！」

手に持つグラスを地面に叩きつけ、ヒステリックを起こすと、ステージの裏手にいたごろつきたちが女に駆け寄りなんとか宥めようとするが、さらに女はエスカレートする。

「何をするの!?　あなたたちも分かるでしょ!?　ほら、さっきからあの子も私を見ているじゃない⁉　私たちは相思相愛なの！」

宥めるごろつきを突き飛ばし俺に近づこうとすると、仕方なくごろつきたちは女を取り押さえ会場の外に連れていく。その際鼓膜が破れるかと思うほどの奇声を女が泡を吹きながら発するが、何を言っているのか聞き取れなかった。

「で、ではこの金眼金髪、美少女、エルフの三人、そして……」

女に圧倒されていた司会者がようやく口を開くと、仮面の男が口を挟む。

「その三人だけでいい！　ゴミはいらん！」

鋼鉄の精神力を持ち合わせているダメーズでも、もう立ち上がれない。

ダメーズの脇を通り、俺たち三人は仮面の男の下へ連れていかれる。

その途中、俺たちの武器がある上手側を見ると、さっきの女の活躍によりごろつきは一人しかいなかった。逃げるなら今か？　いや、もう少し待つか。幸い俺たち三人の引き取り手は同じだ。この場を離れてからの方がチャンスはあるはずだ。

そんなことを思いながら俺たちを落札した仮面の男の前に着いたので、気になったことを質問してみた。

「あなたは僕たちどうするつもりですか？」

「奴隷が主人に向かって使う言葉遣いじゃないな。徹底的に教育してやるから楽しみにしておけ」

もしかしたらいい奴からもしれないと少しでも期待した俺がバカだった。

仮面の男が従者らしき者に白金貨を用意させている時にそれは起こった。

「そのエルフの子は、このゲドー商会ゲドー様の物だ！　俺から盗むなんていい度胸してやがる！　ヒドー！　出てこいやぁぁぁあああ！！！！！」

隣街で会った商人が、取り巻きを従えてオークション会場に乱入してきたのだ。

奴隷売買しているヒドーとゲドーは別のグループだったのか。

ミーシャはゲドー商会のゲドーに攫われ、逃げたところをヒドー商会のヒドーに捕まったということか。ややこしい。それにしても、ゲドーっていう商人も、攫ったミーシャを自分の物なんて言いやがって。

だがゲドーたちが乱入してきたおかげで会場は大混乱に陥る。

「やばい！　ここにいると後々面倒なことになりそうだ！　逃げろ！」

オークション参加者は我先にと逃げ出し、ごろつきたちは乱入してきたゲドーの取り巻きたちとすぐに交戦に入る。

振り返ると俺たち三人を買った仮面の男の姿はもうない。白金貨十枚で買おうとした俺たちを置いて逃げるなんて、よっぽど素性がバレたらまずい奴だったのかもしれない。

「クラリス！　ミーシャ！　今のうちだ！　武器を取りに行くぞ！」

混乱に乗じて、まずは手縄を《ウィンドカッター》で切る。次にステージ上手側の裏を目指し、すぐに武器を手に。幸いここにいたごろつきも戦闘に参加しているようで、すんなり武器を取り戻すことができた。ゲドーたちの狙いはあくまでもミーシャ。

ゲドー商会の取り巻きたちが俺たちを追ってくるが、それをヒドー商会のごろつきたちが阻止している。

　ん？　これって両者に戦ってもらって疲弊したところを叩けば、より安全にここから逃げだせるんじゃね？　負けそうになった方に風魔法でバレないように援護すれば、共倒れも期待できる。本当はこの街からすぐに出たいところだが、もう夜の帳《とばり》が完全に降りている。少し粘ることができれば、サーシャも来るかもしれない。

　そんなことを考えていると、この混乱の中でも逃げ出さずに戦いの行方を見守っている、オークションで落札された奴隷たちの姿を見つけた。

「今のうちに逃げないのですか？」

　俺が落札された奴隷に聞くと、

「ああ、私たちは自分から望んで奴隷になったんだ。主人も別に問題がなさそうだから私はこのままがいいのだよ。それにオークションに回されるというのは奴隷にとってはかなり光栄なことなんだ。奴隷市場で売られるよりも扱いが良い場合が多い。まぁ中にはさっきの彼みたいにどこにも売れないからここに連れてこられたり、特別な事情があったりする者もいるが。君たちは無理やり攫われたのかい？　もしそうなら逃げた方がいいかもしれないが、この会場はかなりの手練れがいるから諦めた方が身のためだよ」

「分かりました。丁寧に教えていただきありがとうございます。あともう一つよろしいですか？　お兄さんはかなり強いと思うのですが、お兄さんよりも手練れがここにいるのですか？」

「聡《さと》いな君は。先ほどの紹介も嘘《うそ》ではなかったのか……そうだな、私はD級冒険者中位、もしくはD級冒険者上位くらいの力があると思うが、ヒドー商会には【月夜の闇】というBランクパーティが存在する。彼らを相手に勝てるわけがないからな」

Bランクパーティだと⁉　そんな奴らがいるのか⁉　なら今のうちに逃げるべきか……。

考えている間に、ヒドー商会のごろつきたちが、ゲドー商会の取り巻きから俺たちを守るように包囲する。ゲドーが大声で叫ぶ。

「【奈落】は俺を守らなくていいから、とにかくあのエルフを捕まえろ！」

ゲドーの叫び声の後、六人の強面《こわもて》の男たちが、俺たちの周囲を守るごろつきたちをいとも容易《たやす》く倒していく。

「ゲドーのエースパーティの【奈落】が来たぞ！　ヒドー様！　こちらに【月夜の闇】を！」

ヒドーもゲドーの叫び声が聞こえたらしく、これまた六人の強面の男たちをこちらに向かわせ、俺たちを守るように展開させる。

「久しぶりだな【奈落】、俺たち【月夜の闇】に殺されに来たのか？」

「抜かせ、今日こそお前たちを殺す！」

どうやらお互い顔見知りのようだ。

両パーティの戦いを見ていると、ヒドー商会の【月夜の闇】が優位に戦闘を進めている。

原因は俺たちの前に立ち、【奈落】から守るように立つ一人の魔法使い。

その魔法使いを鑑定しようとすると突如体に異変が起きる。

「うっ⁉　な、なんだこれ……」

突然俺の眼が魔法使いを残像のように映したのだ。残像とは本人を残像が追うような映像を思い浮かべるだろうが、逆なのだ。魔法使いの残像を魔法使いが追っているのだ。

しかも脳が映像を処理しきれず、頭を酷使したような状態に陥る。受験勉強を連続で十時間以上していた時の感覚だ。

「マルス⁉　どうしたの？」

俺の異変に気づいたクラリスの心配する声が背中から聞こえる。

「いや、ちょっと眩暈《めまい》が……」

魔法使いが二重に見える状態で鑑定を続ける。

【名前】ワルツ・ビスタリア
【称号】ー
【身分】人族・平民
【状態】良好
【年齢】二十八歳
【レベル】35
【ＨＰ】１３３／１３３
【ＭＰ】１６８／２０８

【筋力】40
【敏捷】38
【魔力】１０５
【器用】44
【耐久】40
【運】１
【特殊能力】火魔法　Ｄ（Ｌｖ５／13）
【特殊能力】風魔法　Ｄ（Ｌｖ５／13）
【特殊能力】睡眠魔法　Ｇ（Ｌｖ１／５）
【装備】風の杖

　鑑定を済ませると、視界が正常に戻る。何だったんだ？　今のは？　視界は正常に戻ったが、頭の疲労はとれない。天眼に何か異常が？　それとも……。

「クラリス。心配をかけてすまなかった。もう大丈夫だ」

　俺の背中に心配そうに触れているクラリスに声をかけると、「良かった」と今にも泣きそうな声。さすがにこの状況で何かあったら不安にもなるよな。

　魔法使い……ワルツのステータスはジーク強化版といったところ。典型的な魔法使いのステータスだ。

特筆すべきは睡眠魔法。この睡眠魔法で【奈落】のメンバーは眠らされ、その度に誰かが起こさないとならず、必然的に【月夜の闇】が数の上で優位となる。恐らくこいつがミーシャを眠らせたのだろう。

「クラリス、そこにいる黒い法衣を着た男、ミーシャが攫われた時にいなかったか？」

まだ心配そうに俺の背中に手を置くクラリスに聞くと、

「え、ええ。もしかしてあの人がミーシャを？」

ワルツの魔法を見たクラリスが答える。

「恐らく。あいつは要注意だ」

このままではゲドー商会の【奈落】が負けてしまう。【奈落】に加勢しようかとミスリル銀の剣を握った時に、またゲドーの叫び声が聞こえる。

「先生！　こっちです！　どうかあいつらを！」

先生と呼ばれた一人の男がゲドーの隣に立つ。

その男の出《い》で立ちは一言でいうと顔面凶器。顔には大きな切傷。腕にも歴戦の傷跡と思われるものが多数。ここにいる強面のごろつきや取り巻きが善人に見えてしまうほどの悪人面だ。

絶対に目をあわせてはならない。いや、絶対に関わってはならないと本能が警告を鳴らす。

「おい！　もう一度確認する！　【月夜の闇】を戦闘不能、あるいは追い払えば金貨百枚でいいんだよな!?」

「は、はい！」

先生と呼ばれた顔面凶器が威圧するようにゲドーに問うと、委縮しながらゲドーが答える。なんだ？　先生というのは臨時で雇われた冒険者……いや、用心棒的な存在なのか？　だとしたらなんとなく理解できる。用心棒や剣客のことは先生と呼ぶだろうからな。

ゲドーの答えに凶悪な顔を歪《ゆが》ませると、交戦している【奈落】と【月夜の闇】に近づき、突然仲間であるはずの【奈落】のメンバーの首根っこを掴《つか》む。

「な、何を!?」

首根っこを掴まれた男は何が起きたのか理解が追い付かず、ゲドーもたじろぐ。顔面凶器は、暴れる男を片手に俺たちを守るように展開している【月夜の闇】に向かって襲い掛かる。

速い！　しかし疾風の如《ごと》く襲い掛かってくる顔面凶器に【月夜の闇】も指をくわえて見ているだけではなかった。

「ワルツ！　あいつを眠らせろ！」

【月夜の闇】のリーダーと思われる男がワルツに命令する。

「《スリープ》！」

すぐに睡眠魔法が放たれるが、顔面凶器は首根っこを掴んでいた仲間であるはずの【奈落】のメンバーを盾にして《スリープ》を受ける。当然盾にされた【奈落】のメンバーは爆睡。

眠った【奈落】のメンバーをワルツに向け放り投げると、顔面凶器は背中にかついでいた剣を抜く。

刀身は淡い青緑色。手入れが行き届いており、鑑定せずとも一目で業物と分かる見事な一振り。

ワルツは再度《スリープ》を唱えようとしていたようだが、爆睡した【奈落】のメンバーが投げられてきたため、避ける。

避けた後に再度《スリープ》を発現させようとするが、もう顔面凶器はワルツの目の前。風魔法のように発現速度が速く、動きながら魔法を唱えられない限りは為《な》す術《すべ》がない。

「なっ⁉」

男が剣の腹で顔面を捉えると、ワルツはその衝撃で気を失う。

そこからはもう独壇場だった。

「おい、お前、リーダーのオリゴだろ？　今ここから去ればこれ以上は手を出さねぇ。だが残るのであれば容赦しねぇ。五秒で決めな」

実力差を見せつけた顔面凶器が剣を肩に担ぎながら【月夜の闇】のリーダー、オリゴに余裕の表情で問うと、オリゴは気絶したワルツを抱え、一目散に逃亡する。

ヒドーやごろつきたちも逃げたかったのだろうが、顔面凶器に睨まれると、まるで蛇に睨まれた蛙《かえる》のようにその場に立ちすくんでしまっていた。

均衡を保つために【月夜の闇】に加勢しなければならなかったはずの俺も、その剣捌きに思わず見惚《みと》れてしまっていた。これは強い……化物だ。

しかし男の一言で我に返る。

「さて、ゲドーのクエストは完了っと。あとはあいつを奪い返せば終わりだな」

その鋭い眼光が俺とクラリスの後ろに隠れているミーシャを捉える。

絶対に勝てない。それだけは分かる。だがそれでもなんとか時間を稼ぐことはできるかもしれない。

なぜなら顔面凶器は、顔に似合わずまだ一人も殺していない。

俺にもそのお情けをかけてくれるのであれば、サーシャが来るまで時間を稼ぐことができるかもしれない。

手汗でびっしょりの柄を両手で握り、顔面凶器の前に立つ。

「なんだ？　お前？　成人前のガキがもうこんな奴らの仲間入りしたのか？　悪いことは言わねぇから足を洗え」

どうやら顔面凶器は俺のことをヒドー商会の一員だと思っているらしい。

そういえば男の奴隷は皆手縄をしているが、俺はさっき《ウィンドカッター》で切ってしまったし、立ち位置的に考えてもそう思われて仕方ないかもしれない。

俺は何も答えず、意識を集中する。気が散ったところを襲われたりしたら目も当てられない。

無防備に近寄ってくる顔面凶器を鑑定しようとすると、また視界がブレた。

くっ⁉　さっきからなんだこれは⁉　だがそれでも鑑定を続けると、何かの間違いであってほしいと思うほどのステータスが表示された。

【名前】キュルス・ウェハース
【称号】ー

【身分】人族・平民
【状態】良好
【年齢】三十歳
【レベル】44
【ＨＰ】２６０／２６０
【ＭＰ】１０５／１０５
【筋力】１３５
【敏捷】１３２
【魔力】32
【器用】52
【耐久】１３７
【運】１
【特殊能力】剣術　Ｂ（Ｌｖ12／17）
【特殊能力】水魔法　Ｅ（Ｌｖ４／11）
【装備】水精霊の剣《ウインディーネソード》

これほどの強敵を前にこんな状態で戦わないといけないのか……そう思っていたが、鑑定を終えると視界が正常に戻る。

さっきもワルツを鑑定した時に同じ現象が起きたが、鑑定をやめると戻った。やはりこれは天眼の能力の一部か？　そうだとしたら、本体が残像を追いかけるように動いていたからやはり……。

「おい！　最後通告だ！　俺はガキをいたぶる趣味はねぇ！　そこをどけ！」

自問自答をしていると、キュルスがドスの利いた声で脅してくる。

俺の後ろにはクラリスとミーシャがいる。ここでどいたらクラリスにまで危害が及ぶ可能性がある。そんなことはさせない！

改めて力を込めて剣を握り、眼を眇《すが》めると、業を煮やしたキュルスが般若のような顔をしながら、残像を追いかけるように襲い掛かってきた。

第6話　B級冒険者

「お前、何者だ？　いくら加減しているといっても、成人前のガキが俺の剣を受けられるわけがない」

襲い掛かってきたキュルスの残像が俺の剣を薙ぎ払おうとしたのが視えたので、《風纏衣《シルフィード》》を展開しそれに備えると、予想どおりキュルス本人が残像とまったく同じ軌道で薙ぎ払ってくる。

やはりこの残像はキュルスの未来の行動だ。〇コンマ何秒くらいかもしれないが、それでも接近戦で相手の行動があらかじめ分かるのは非常に有利だ。

キュルスは執拗《しつよう》に俺の剣だけを狙い続けた。それを俺がなんとか受けるたびに、顔を歪ませる。

「小僧！　もう一度聞く！　お前は何者だ！」

「教えたら引いてくれますか？　僕たちをもう狙ったりしませんか？」

これ以上無視すると、本気で怒らせて加減をしてくれなくなると思い返事をすると、キュルスが歯を見せながら答える。

「まさか、今俺はお前に興味が湧いた。お前だけは逃がすわけにはいかねぇ」

――俺に興味だと!?　こいつまさか？

「てめぇ？　今変なこと考えただろう？」

キュルスの声に怒気がこもり、比例するように俺の剣を弾く力が強くなるが、未来を視られることと、《風纏衣《シルフィード》》のおかげでなんとか耐えることができた。

何合か剣戟《けんげき》を重ねていると、キュルスの剣が目標物を失ったかのように宙を斬る。と同時に、キュルスから「《水刃》！」との声が。すると剣先から斬撃が飛び、それはいつの間にかミーシャの近くにいた【奈落】のメンバーを襲う。

「てめぇ！　そいつは俺の獲物だ！　指一本触れてみろ！　ぶち殺すぞ！」

【奈落】のメンバーは俺とキュルスが戦っている隙を見てミーシャを攫おうとしたらしいのだが、それを仲間であるはずのキュルスが止める。

さっきからなんなんだこいつは？　【月夜の闇】を取り逃がしたり、ミーシャを攫おうとする【奈落】を襲ったり……それに今の斬撃はなんだ？　《水刃》？　魔法ではないような気がするが？

斬撃を受けた【奈落】のメンバーが逃げていくのを見たキュルスは、悪人面を歪めると声を潜《ひそ》めて問いかけてくる。

「これで邪魔されなくなった。小僧。名乗れ」

こいつは間違いなくミーシャを攫うつもりだ。しかし俺にも興味を示している。このまま俺に興味を示し続けてくれれば、いずれサーシャが駆けつけてくれるかもしれない。

「……僕はマルスと言います」

剣を結びながら答えると、さらに質問は続く。

「お前成人前だよな？　十二くらいか？」

「いえ八歳です」

「はっ⁉　嘘を言うんじゃねぇ！」

またも声に怒気がこもり、キュルスの振う剣に力が入る。嘘と言われても本当なのだが……黙っているとキュルスが戸惑いながらも再度、声を低くして問いかけてくる。

「まさか？　本当に八歳か？」

「はい。嘘をつく理由はありませんから」

俺の言葉にキュルスは真剣な表情になり、思いもよらぬ言葉を投げかけてくる。その言葉は俺にしか届かないくらいの声だが、力がこもっていた。

「おい！　さっきも言ったが足を洗え！　まだやり直せる！」

そうか、まだ俺がこいつらの仲間だと誤解をしているのか。

「僕はこの人たちの仲間ではありません。魔の森の近くでミーシャ……あの子を保護してお母さんに送り届けようと思ったところを捕らえられただけなので」

「本当か⁉」

キュルスが鋭い目を大きく見開き確認してきたので、黙って頷く。

「そうか。じゃああと数十分このまま耐えろ」

なんだ？　こいつも時間を稼ぐことが目的なのか？　何のために？

思考を巡らそうとすると、キュルスの重い剣によって現実に引き戻される。その剣に殺意は込められておらず、どちらかといえば指導するような剣だった。

キュルスの剣は剛の剣。スパッと断ち斬るというよりかは、叩き斬る剣。

剣術の訓練をするとき、技の剣を磨いていたが、キュルスと剣を交えることにより剛の剣がこれほどまでに効果的というのを初めて知った。

剣を交えるごとに、キュルスの剣と、未来を視るのに慣れてきた俺は、自身に何が起きているのか鑑定した。すると、MPがいつの間にか四桁を切っており、今もなお物凄《ものすご》い勢いで減少し続けている。

——なぜ⁉　《風纏衣《シルフィード》》しか使っていないのに⁉

一瞬そう思ったが、この未来を視る能力が原因ということに気づく。案の定、未来を視る能力を使うのをやめると、《風纏衣《シルフィード》》のMP分だけ減少していく。

キュルスの未来を視なくなった途端に剣を捌けなくなり、先ほどまでであれば受けることができたはずの剣が目の前に迫る。

やばい！　これは受けきれないし、躱せない！

（《ウィンドカッター》！）

無詠唱でキュルスの剣を大きく弾くと、鳩《はと》が豆鉄砲を食らったような顔でキュルスが目を瞬かせる。

「マルス⁉　お前今何をした⁉　剣のスキルじゃねぇよな？」

剣のスキル？　なんだそれは？　でもいい機会だ。正直に答えてさっきのキュルスの飛ぶ斬撃のことを聞き出そう。

「えっと……今のはですね……」

答えようとしたときに、会場を警備していたヒドー商会のごろつきが大きな声で叫ぶ。

「おい！　逃げろ！　【風雅】だ！　【風雅】のサーシャが来たぞ！」

思わぬ朗報に俺の周りにいたヒドー商会、ゲドー商会の面々が逃げる算段をつける。

「ゲドー！　クエスト成功報酬は置いていけ！　さもなくばお前を地の果てまで追いかける！」

確かにキュルスはクエストに成功している。【月夜の闇】を追い払ったしな。ゲドーとしては、【月夜の闇】さえなんとかすれば、ミーシャを取り戻すのはどうとでもなると踏んで、そのようなクエストにしたのだろう。

ゲドーが渋々金貨袋をその場に置き、【奈落】と取り巻きと共にこの場から逃げる。

ヒドーも逃げようとするが、どこからともなく飛んできた矢が足に突き刺さる。クラリスの矢かと思ったが違った。クラリスはキュルスが近くに来てからというもの、キュルスを見なくて済むようにミーシャの頭を抱いており、手が塞がっている。

「いてぇぇぇぇええええ！！！！！」

ヒドーがその場でのたうち回るのを横目に、ごろつきたちはヒドーを置いて逃げる。

そして今まで俺と剣戟を交えていた人物も。

「チッ！　来るのが早《は》えーよ。俺もとんずらさせてもらう。マルス！　十二歳になったら絶対リスター国立学校に行け！　そこは大陸、いやこの世界で一番の強者が集まる学校だ！　そしてこれを絶対に言うんだぞ！　このキュルスの推薦で来たと！　必ず俺の名前を出せ！　分かったな！」

学校？　なんでこいつが？　そう思い質問しようとしたが、誰よりも速く闇に溶け込んでいった。

この場に残っているのは俺とクラリス、ミーシャに、戦闘不能になったごろつきと取り巻き、そして足に矢が刺さって動けないヒドーのみ。

そこに大人の女性の凛々《りり》しい声が響く。

「少年！　剣を下ろして投降しなさい！　さもなくばそこに転がっている男のようになるわよ！」

声のする方を見ると、建物の屋上から弓を引きこちらを見下ろす一人の女性。

月に照らされたショートカットの色は翠玉色《エメラルド》。豊かな膨らみを強調する深緑のタンクトップに焦茶のマントを羽織り、肩には矢筒。耳は尖り、何より目につくのは、マントと同色の臀部が見えそうなほどのショートパンツから伸びる美脚。

一目でミーシャの母と分かるその容姿を確認した俺は、疲労感に襲われ地面に臀部を落とす。これは未来を視る力を使いすぎた代償なのかもしれない。

「お母さん！　マルスは違うの！　私をずっと守ってくれていたの！」

今までずっとクラリスの腕の中にいたミーシャが、サーシャの声を聞いて俺を庇うように飛び出してくる。

必死に俺を庇う娘の姿に、驚きの表情を見せたサーシャは弓を下ろし、建物から軽快に飛び降りる。

「ミーシャ！」

「お母さん！」

母娘が再開を果たし抱擁をするのを見ていると、背後から「お疲れ様」と俺を労《ねぎら》う声と共に、クラリスがそのまま後ろからハグしてくれる。

「ああ。ありがとう」

背中に当たる膨らみにドキドキしながらも答えると、娘との再会を喜んでいたサーシャがこちらを向く。

「勘違いしてしまってごめんね。私はミーシャの母のサーシャです。一つだけ教えてくれないかな？　どうしてキュルスと戦っていたの？　後ろの可愛らしい子もあなたの仲間よね？」

え⁉　サーシャはキュルスと既知の仲なのか？

「は、初めまして。僕はマルスと申します。ミーシャと……ミーシャさんと一緒に捕らえられていたところにキュルスさんが襲い掛かってきまして……事情が分からなかった僕は守ろうと必死で……」

露出の高い服装のサーシャをできるだけ見ないようにし答えるが、緊張のせいか声が裏返ってしまう。

「初めまして。私はクラリスと申します。サーシャ様が仰《おつしや》る通りマルスと私は……仲間です」

クラリスも紹介を終えると、警戒していた面持ちだったサーシャの顔が柔らかくなる。

「そうだったの。キュルスにミーシャを探すように頼んでいたから、キュルスと戦っている人は全員敵だと思ってしまって。本当にごめんね。そしてミーシャと一緒にいてくれて、助けてくれてありがとう」

この言葉でようやくキュルスの行動に合点がいった。

キュルスは元々ミーシャをサーシャに渡すつもりだったのか！　だから【奈落】や【月夜の闇】の戦力を削ぐような行動をとり続けていたのか。

疑問が残る点はまだあるが、今にも瞼がくっつきそうだ。

「申し訳ございませんが、少し疲れてしまって……休ませてもらうことはできませんか？」

「ごめんなさい。そうよね。この街で宿泊などしたくはないかもしれないけど、私たち【風雅】がしっかりと警備するから安心して休んで。明日には他の冒険者たちもこの街に来ると思うから」

「ありがとうございます。ではお言葉に甘えさせていただきます」

本来であれば娘を攫われた人の警備に不安を覚えるはずの俺が、その点に気づかなかったのはきっと未来を視る力を酷使した結果、そこまで思考が回らなかったからだ……と思う。

そのまま宿に連れられるが、しっかり身を綺麗《きれい》にしてからベッドに潜る。

――――深夜。

まだ頭が重い気がするが、目が覚めた俺は自身を鑑定する。

【名前】マルス・ブライアント

【称号】風王／ゴブリンスレイヤー

【身分】人族・ブライアント子爵家次男

【状態】良好

【年齢】八歳

【レベル】21

【ＨＰ】１３０／１３０

【ＭＰ】７８４６／７８４６

【筋力】84（＋１）

【敏捷】90（＋２）

【魔力】１２５

【器用】１１３（＋２）

【耐久】81

【運】30

【固有能力】天賦（ＬｖＭＡＸ）

【固有能力】天眼（Ｌｖ８）

【固有能力】雷魔法　Ｓ（Ｌｖ０／20）

【特殊能力】剣術　Ｂ（Ｌｖ７／17）（６→７）
【特殊能力】火魔法　Ｆ（Ｌｖ５／８）
【特殊能力】水魔法　Ｇ（Ｌｖ３／５）
【特殊能力】土魔法　Ｇ（Ｌｖ２／５）
【特殊能力】風魔法　Ａ（Ｌｖ13／19）
【特殊能力】神聖魔法　Ｃ（Ｌｖ６／15）
【装備】ミスリル銀の剣
【装備】風の短剣《シルフダガー》
【装備】偽装の腕輪

短時間での戦闘だったが、キュルスとの戦いは確実に俺を強くさせた。

それに気になっていたことがある。未来を予知できる能力だ。天眼を鑑定してみると予想どおりの結果だった。これは未来視《ビジョン》という能力らしい。

〇・五秒後の未来が視えるという能力だが、消費ＭＰは一秒10。だからキュルス戦であんなにＭＰが減っていたのか。

だがこれは接近戦ではかなり使える。まだその視界に慣れていないから、しっかりと訓練してものにできるようにしないとな。

顔を洗い、歯を磨いて、重い頭を無理矢理覚醒させてから部屋を出る。

　部屋の近くでは見知らぬ二名の冒険者が警備をしており、俺に気づいた冒険者が声をかけてくれた。

「よく眠れたかい？　大活躍だったそうじゃないか？　君が寝ている間にミーシャとクラリスちゃんから事情は聞いたよ。サーシャさんはロビーにいるはずだから顔を出してやってくれ。ここは俺たちが警備しておくから」

「分かりました。ではよろしくお願いします」

　この二人は【風雅】の冒険者か。二人が立っている扉の先にクラリスとミーシャがいるわけね。これなら安心だ。

　階段を下りロビーに向かうと、そこにはソファに腰を下ろし、脚を組んだサーシャの姿があった。

「あら、もう起きたの？　まだ三時間くらいしか寝ていないじゃない？　大丈夫なの？」

　まるで母のように心配してくれるサーシャが、手で対面のソファに座るように促す。

「はい。ぼくはショートスリーパーなので。それよりサーシャさんはお休みになられないのですか？」

　促されるままソファに腰を掛けて答える。

「ええ。今は別のメンバーに休んでもらって、メンバーが起きたら交代するつもり。もう二度とあんなことはごめんだからね」

　まぁ昨日の今日でまた攫われるという失態を犯したくはないか。

そういえばサーシャはB級冒険者だったな。

B級冒険者のステータスはどのくらいなのだろうか？　サーシャを鑑定したのはそんな気持ちからだった。

「マルス君⁉　あなた今何をしているの⁉」

身を乗り出したサーシャの綺麗な顔が不意に近づく。

「え？　あ、サーシャさんの鑑定をと思ったのですが……」

突然のことだったので鑑定のことを漏らしてしまった。するとサーシャが諭すような声で教えてくれる。

「マルス君。いきなり鑑定を使わない方がいいわ。魔力が高い人だったり、経験を積んでいる者は、正確には分からずとも、何かをされているというのは分かるのよ？　透視されたと勘違いをされて首を刎《は》ねられたという事例もあるわ。鑑定するときは相手を選ぶこと。分かったわね」

透視で首を刎ねられるだと？　だとしたらサーシャの言うことはもっともだな。

「教えていただきありがとうございます。そのようなことがあるのですね。以後気をつけます」

すぐに頭を下げると、サーシャは相好《そうごう》を崩し、再度ソファに腰を落とす。

「分かってくれたらいいわ。それでどうして私を鑑定しようとしたの？」

「はい。ミーシャさんからサーシャさんはB級冒険者だと聞いていたので、B級冒険者のステータスはどのくらい凄いのだろうって興味が湧いてしまいまして……申し訳ございませんでした」

「そう。いいわよ。鑑定をして。でも感想を聞かせてね」

あ、これはきっと本当に鑑定をしているのか試すつもりなのかもしれない。

「あ、ありがとうございます。では早速……」

【名前】サーシャ・フェブラント
【称号】ー
【身分】妖精族《エルフ》・平民
【状態】良好
【年齢】八十四歳
【レベル】50
【ＨＰ】１８０／１８０
【ＭＰ】３２５／５２２
【筋力】70
【敏捷】１２４
【魔力】１４４
【器用】１４０
【耐久】65
【運】５
【特殊能力】弓術　Ｃ（Ｌｖ９／15）

【特殊能力】風魔法　B（Lv13／17）
【装備】エルフの弓

「す、凄い……」

　鑑定結果に思わず絶句する。腰に手を当て「どう？」と首を傾けて聞いてくる様は、とても八十四歳には見えなかった。

「サーシャさんはB級冒険者の中では上位クラスですか？」

「うーん……あまり人のステータスを聞いたことがないから何とも言えないけれども、私とキュルスは中位くらいではないかしら？」

　サーシャとキュルスが同じくくりになるレベルなのか。

「えと、キュルスさんは何者なんですか？」

　ちょうどキュルスの話題が出たので聞いてみる。

「冒険者でもあるわね。私と一緒でB級よ。でも冒険者というよりかは……」

「用心棒？」

　サーシャが言葉を選んでいるようなので、口を挟むとツボにはまったのか腹を抱えて笑う。

「そうね。あの顔を見ればそう思うかもしれないわよね。うーん、詳しくは言えないのだけれども、あの顔からは想像できないくらいには善人だと思うわよ？　特に子供にはね」

　笑いすぎて目に涙を浮かべながら答える。

　その後もキュルスのことを聞いては、はぐらかされるを繰り返す。だったら時間を有効に使おう。

「あのー、僕に風魔法を教えていただけませんか？」

「風魔法？　いいわよ。そういえばミーシャが言っていたわね。マルスは凄い風魔法使いだって。同じ風魔法使いの私を普段から見ているミーシャがそう言うのだから、私もマルス君の風魔法を見てみたいわ。ここでやってみせて」

「ここではさすがに被害が……外でお願いできませんか？」

　普通に考えれば子供が使う魔法なんて簡単に御せると思っての発言だろうが、しっかりと教えてもらいたい俺は外でとお願いする。

「うーん……できればここからあまり離れたくはないのだけれども……まぁいいわ。ちょっと待ってて」

　そうか。ミーシャを危険に晒したくないというサーシャからすれば当然か。外でお願いしたいと言った俺の考えが浅はかだった。

　それでもサーシャは階段を上がる。恐らくクラリスとミーシャの部屋の前で警備している【風雅】のメンバーに、外に出ることを告げにいったのだろう。

「申し訳ございません。無理なお願いをしてしまって」

　戻ってきたサーシャに謝ると、

「大丈夫よ。私もマルス君に興味あるし」

笑って許してくれた。

宿の外に出るとまずは周囲の警戒をする。怪しい人物がいないか入念に確認していると、サーシャが突然《サーチ》と魔法を唱えた。その瞬間、優しい風が周囲を包み込む。

「安全なようね。行きましょう」

なんだ？　今のは？　魔力を帯びた風が吹いただけだと思うのだが……何の説明もないまま街の北門を潜り、外に出る。

「ここなら問題ないわ。まずは得意な魔法を見せて」

サーシャに促され、魔法を空に向けて放つ。

（《ウィンドカッター》！）

静まり返った夜空に、風の刃が切り裂く摩擦音が響く。

「――――無詠唱!?」

「はい。ずっと使っていたので《ウィンド》と《エアブレイド》、《ウィンドカッター》は無詠唱で発現することができます」

俺の言葉を聞いたサーシャは、目をぱちくりさせながら褒めてくれる。

「キュルスと互角に剣を交えるレベルだから、てっきり剣士かと思ったのだけど……ミーシャが凄いと手放しで褒めるのも納得だわ」

「いえ、キュルスさんにはだいぶ手加減をしてもらっていたので……」

俺の言葉にサーシャがさらに続ける。

「マルス君。自信をもっていいわよ。キュルスに手加減をされてもほとんどの生徒が……」

サーシャが生徒と言った途端、しまったという表情を見せて手で口を塞ぐ。

生徒？　もしかしてキュルスは自分で剣の流派を興しているのか？

サーシャは俺に質問をさせないように早口で捲《まく》し立てる。

「他に、他にも何か風魔法を使えたりする？」

「はい。あとは《トルネード》と《ファイアストーム》ですね」

「――――《トルネード》!?　それに《ファイアストーム》!?　《ファイアストーム》って火魔法と風魔法の混合魔法の？　あれを一人で!?　見せてみて！」

サーシャが興奮しながら催促するので、両手を天に掲げ唱える。

「《ファイアストーム》！」

ひんやりとした夜の帳を燃やすかのように、炎の嵐が天高く舞い上がると、

「初めて《ファイアストーム》を一人で唱える人を見たわ……」

感嘆のため息を漏らすサーシャの横顔を照らす。

「《トルネード》も見せましょうか？」

炎の嵐が消え、視線を下ろしたサーシャに聞くと、サーシャは首を横に振る。

「ううん、大丈夫よ。《ウィンドインパルス》は唱えることができる？」

「いえ、初めて聞きました。僕に唱えることができますか？」

「《トルネード》を使えるマルス君であれば、大抵の風魔法は唱えられるわよ。《ウィンドインパ

ルス》という魔法は、《ウィンド》の強化版という感じね。風で相手を飛ばすというより、衝撃波で相手を吹き飛ばすといえば分かりやすいかしら。《ウィンド》よりもさらに掌《てのひら》に魔力を溜めて一気に放出する感じね」

実際にサーシャが唱えてくれたのを真似《まね》してみると、一回で成功した。

消費ＭＰは20。なるほど消費ＭＰに見合った威力だ。

「それとこれは攻撃系の魔法ではないのだけれども、覚えておくと便利だから教えておくわね。《サーチ》と言って風を周囲に発して、その風で周囲の様子を探知するの。さっき私が宿を出るときに使った魔法ね。当然遠くまで風を飛ばすにはそれなりの魔力とＭＰが必要になるわ。あとこれも鑑定と同じように経験を積んだ者には気づかれるから気を付けてね。魔の森で使うのもやめた方がいいわ。魔物の中にも魔力に敏感な個体もいるから」

さっきのサーシャは索敵していたのか！　これは是非ものにしたい！

「あと知っていれば教えてほしいのですが、風魔法で最強の魔法ってどんな魔法ですか？」

ここぞとばかりに質問攻めをする。

「風魔法の最強魔法は多分《テンペスト》という魔法ね。多分今使えるのは風神しかいないと思うけど……」

「風神って神様ですか？」

「いいえ、この世界で一番風魔法が使える人が風神という称号を与えられるの。二位〜十位までが風王ね」

「《テンペスト》という魔法は風神にならないと使えないのですか？　それとも風王とかでも使えるのですか？」

「風王でも使えると思うわ……ただ前例がないと思うけれど……」

「ありがとうございます。最後にもう一つお願いします。これは僕の知り合いの話なのですが、未知の魔法の才能があると言われたそうです。でもどうやってその魔法を使うか分からないらしいのです。どうしてもその子はその魔法を使わないといけないらしいのですが、未知の魔法のために魔導書などあるわけがなく、訓練方法が分からないと言っているのです。どうにかして覚えることはできませんか？」

「うーんよく分からないわね。私の知り合いにも変な魔法を使う人がいるけど……力になれなくてごめんなさい。さて、もうそろそろ帰りましょう」

「そうですね。色々教えていただきありがとうございました」

宿に戻るとすぐに、サーシャはクラリスとミーシャの二人が寝ている部屋に向かう。

部屋の前には先ほどの【風雅】のメンバーが二人と新たにもう一人。

「どう？　何か変わったことは」

「特にない。ビンクスも起きてきたからサーシャももう休んでくれ」

「ありがとう。そうさせてもらうわ」

サーシャは三人に声をかけてから部屋の中に入り、クラリスとミーシャの二人の寝顔を見るとすぐに戻ってきてくれる。きっと心配そうに部屋の外にいる俺に配慮してくれたのだろう。

「二人ともぐっすりよ。ミーシャはああ見えてかなり人見知りで、なかなか心を開かないのだけれども、クラリスちゃんにはすっかり懐いているみたいね。私はこのまま二人と一緒に寝るわ。マルス君は？」

へぇ。すぐに打ち解けたからコミュ力高いなと思っていたが、そうでもなかったのか。

「僕も部屋で休もうかと思います」

本当は《サーチ》の訓練をしに外に出たかったのだが、一人で外に出るのは危険が伴う。

サーシャに「おやすみなさい」と告げて部屋に戻り、未来視《ビジョン》に慣れる訓練をすることにした。

第7話　また会う日まで

「おぃふぃ！　クラリス、これも食べて！」

宿の食堂にミーシャのご機嫌な声が響く。

「うん！　おいしい！　こんなの初めて食べた！」

目の前に広がるサーシャが特注した料理にクラリスも舌鼓を打つ。

「ほら！　ミーシャ！　そんなにいっぺんに口に入れないで！　喉につっかえるわよ！　いつもはもっと静かなんだけど……二人ともごめんね。朝から騒々しくて」

困った表情を作りながらも、俺たちに謝るサーシャの声は明るい。

「いえ、ミーシャさんといると楽しいので。な？　クラリス」

「ええ。なんか妹ができたみたいで嬉しいです」

クラリスも同意してくれるが、敬称が気にくわなかったミーシャが口の中の物を水で一気に流しこむと、

「ちょっとマルス！　なんで急によそよそしくなるの！」

頬を膨らませる。

「そんなことないよ。でもサーシャさんの前でミーシャって呼び捨てにしたら失礼だろ？」

俺の言葉にミーシャが「え？　そうなの？」と周囲の反応を見る。

「まぁそうね。立場や私とマルス君の親密度にもよるかしら。マルス君。今度からは私の前でもミーシャって呼び捨てにしてちょうだい」

俺が頷くとミーシャは満面の笑みで、小さい口に食事をどんどんと運ぶ。

「サーシャさん、聞いてもいいですか？」

ミーシャを微笑《ほほえ》ましく見守るサーシャに質問すると、視線はそのままにちょっぴりご機嫌な様子で返事をしてくれる。

「昨日キュルスさんが斬撃を飛ばしていたのですが、あれは何ですか？」

キュルスのことははぐらかされてしまうが、これなら答えてくれるかもしれない。

「《水刃》のことね。マルス君は剣も風魔法も扱えるから、もしかしたら使えるようになるかもしれないわね。あれはスキルといってね。魔法適正のある剣士が、武器に属性魔法を付与《エンチャント》して発生させているのよ」

そんなことができるのか！　これは早速訓練しなければ！

「あ、でも専用の武器とか必要なのよ。それにスキルは魔法と違って動きながら発生させることができるけど、威力は低いし、連発できないのよ。無理に連発しようとすると武器が本来の性能を発揮できなくなったり、最悪の場合は砕け散るから、その辺は誰かに教えを乞う必要があるわ」

魔法適正に専用の武器かぁ……俺であれば風魔法か雷魔法なんだろうけど、雷魔法はどうしようもないからなぁ。それでも努力すべき項目が増えたのは事実だ。焦らずコツコツとやろう。

「ふぅ。もうお腹いっぱいだよ。ねぇお母さん？　マルスとクラリスと外に遊びに行ってもいい？」

口の周りをクリームだらけにしたミーシャが、少し膨れたお腹をポンポンと叩きながら聞くと、

「いいけど、マルス君ともう少し話がしたいから、二人は先に部屋に戻っていて」

サーシャとクラリスに部屋に戻るように促す。

「分かった！　じゃあクラリス行こう！」

たった今食べ終わって、少しゆっくりしたそうなクラリスの手を強引に引っ張って部屋に戻る。

二人が部屋に戻るのを見届けると、サーシャが小さい麻袋をテーブルに置いた。

「これ、今回の件の報酬といってはなんだけどお礼。これだけでは足りないのは分かっているのだけれども……ミーシャを探すのにもかなりお金をかけてしまって、今はあまり手持ちがないの」

テーブルに置かれた麻袋の中からは金貨がのぞく。十枚以上あることは間違いない。

「こ、こんなにいいんですか？」

これだけあれば余裕ができるが、サーシャは頭《かぶり》を振る。

「ミーシャのためであればこの十倍、いえ百倍は出すわよ。私の持つすべてを差し出してもいいわ。だから今度改めてお礼をさせて」

申し訳なさそうにサーシャが頭を垂れる。確かに自分の娘の命が金貨数十枚というのは安いかもしれないが、俺たちはそんなつもりで助けたわけじゃないしな。

「そんな。これで十分ですよ。それに僕もミーシャと会えて楽しかったですし、僕たちの方こそ素敵な出会いに感謝してます」

「そう言ってもらえると私も嬉しいけど、この恩は必ず返すから」

またも頭を下げるサーシャ。

「あ、あのまだ質問してもいいですか？」

この空気を変えようと咄嗟《とつさ》に聞くと、ようやくサーシャが頭を上げてにっこりと笑ってくれる。

これは質問してもいいということだよな。

「これまでいくつかの街を旅してきたのですが、この街だけなんか住民たちの雰囲気や、冒険者たちのガラがなんというか……」

「悪い？」

言いづらかった語尾をサーシャが言ってくれたので頷く。

「それはね、この街は作られた経緯がちょっと特殊なのよ」

作られた経緯？

「かなり昔の話になるのだけれども、ザルカム王国で重罪を犯した者がいるとするじゃない？奴隷にできればいいのだけれども、買い手がつかなかった者たち。その者たちを、わざわざここに街を作って連れてきたのよ。なぜだか分かる？」

「人柱……ですか？」

魔の森に一番近いからなんとなくで答えると、サーシャが感心した様子で頷く。

「御明察。マルス君本当に八歳？　成長が早いみたいだし、落ち着きすぎているし……マルス君があれだけ高位の風魔法が使えるのを知らなかったら、間違いなく神聖魔法使いじゃないかと疑っていたわ」

　冗談っぽくサーシャが言うが、危ないところだった。少しは子供らしさを演じなければならないのか。

「元々ここに住んでいた者たちは、言ってみれば犯罪者や脛《すね》に傷のある者たち、もしくはこの国や貴族たちにとって都合の悪い者たちで、その名残がまだ残っているのよ。ここで起きることはほとんどが黙認されるわ。この辺の地理に詳しい者はここを通らないようにするのよ」

　だからビートル伯爵はここを避けるようなルートにしたのか。でもそうであれば魔の森とガナルの中間ではなく、ガナルの街の北側を通るルートにしてくれれば良かったのに。そう思いサーシャにビートル伯爵から貰《もら》った地図を見せると、意外な言葉が返ってきた。

「私でもこの人と同じルートにするわね。もっともマルス君たちがもう少し大人であればマルス君の考えたルートにするのだけれども。この街の北東から北にかけて、子供を攫う事件が頻発しているのよ。だからこのルートなの」

　そうなのか。ビートル伯爵を少しでも疑った俺が恥ずかしい。

　俺たちも食事を終え、俺とクラリス、ミーシャの三人は予定通り外へ。サーシャは【風雅】のメンバーや他に連れてきていた冒険者と、この後の打ち合わせをしてから合流するとのこと。

　少し危機管理がとも思ったが、もう同じ轍《てつ》は踏まないと誓ったサーシャは、護衛をこっそり俺たちに付けてくれるらしい。サーシャ自身も《サーチ》で常に警戒してくれるので、これなら安心だ。

ミーシャが連れ去られたのは【風雅】が迷宮探索《ダンジョンアタック》している間に、宿に一人でいた時だったらしい。

迷宮《ダンジョン》から戻ると、いつも大人しく待っているはずのミーシャがいないことに気づき、慌てて冒険者仲間に依頼《クエスト》を出した。その数日後に、ポロの街の冒険者ギルドでエルフの奴隷を探してほしいという依頼《クエスト》があったとの報告を受けて、急いで駆けつけたとのこと。

まぁそれなら仕方ないと思う一方、これからクラリスと二人で泊まるときは気を付けないといけないな。

露店もなく活気もない殺風景な街に場違いな声が響く。

「ねぇねぇ？　あっちだったらお店があるんじゃない⁉」

どう考えても人気がなく、店なんかあるはずのない方を指さして躊躇《ためら》わずに向かう。

「ちょ⁉　ミーシャ⁉　そっちはダメよ！」

保護者代わりのクラリスが暴走するミーシャの手を引く。また攫われるのも時間の問題かもしれないな。

そんなことを思っていると、急に俺たちの前に男が立ち塞がる。

手を後ろに回されて縄で縛られ、口には猿轡をした男が必死になって俺たちに向かって何かを喚《わめ》く。

「あー。ダメーズさんだ。お久しぶりです。少し見ない間に随分なご趣味に目覚められたようで。それでは私たちは急いでいるのでまた。ごきげんよう」

珍しくクラリスが煽ると、ダメーズは必死に縄を解《ほど》けと目配せしてくる。

「そんなに私を見つめてきて……もしかして私に気でもあるのですか？」

さらに煽るクラリスに、ダメーズは顔を真っ赤にしながら喚き散らす。

「やっぱり……顔を真っ赤にして……図星ですか……でも私はまだ八歳なので……」

どうやらクラリスはダメーズを許すつもりはないようだ。まぁ殺されかけた相手だし、クラリスの父グレイはダメーズに斬られているからな。そんな相手に頼みごとをするダメーズが悪い。

しかしダメーズは諦めない。今度はクラリスにウィンクをして縄を解けと訴えてくる。

可哀想とは思わないが、気持ち悪い。縄を解いてやろうか迷っていると、後ろから声が聞こえた。

「随分楽しそうだけど……この人はあなたたちのお知り合い？」

騒ぎを聞きつけたのか、俺たちをこっそり護衛している者が報告したか、はたまた《サーチ》で感知したのかは分からないが、顔を引きつらせたサーシャが近づいてくる。

ダメーズがその声の主の方を見たのは、ちょうどクラリスにウィンクをしようとしていたときで、ダメーズのウィンクがサーシャに刺さると、サーシャは口元を手で塞ぎ嘔吐《えず》く。

「え、ええ……まぁちょっと訳ありでして……」

「そう。じゃあ私が解くわね」

俺の言葉を素直に受け止めたサーシャがダメーズの手縄を解き、さらに猿轡も外す。

ダメーズが暴れてクラリスに襲い掛かったりしないか、まだ慣れない未来視《ビジョン》を発動させるが、意外なことにダメーズはいくら経ってもその場から動かず、ただ一点を見つめていた。

その視線の先にいるのは、汚物を見るような目をしているサーシャ。

そんな目を向けられているにも拘らず、ダメーズは恍惚《こうこつ》とした表情を浮かべる。

え？　本当に目覚めちゃったの？

ダメーズを【風雅】のメンバーに預けたサーシャが俺たちに問う。

「あの人大丈夫？　なんかずっと私を見ている気がするのだけれども……」

「いえ、気がするのではなく見ていると思います」

事情を説明すると、サーシャの綺麗な顔がさらに歪んだ。


――――そして昼。

ミーシャのご機嫌は午前中までだった。

もう次の目的地に進まなければならない。

「ミーシャもうここでお別れだ。寂しいけど縁があったらまた会おう」

「ミーシャと一緒にお話ができて楽しかったわ。また会おうね」

別れを告げるとミーシャが「嫌だ！　離れたくない！」と地団駄を踏み大泣きをする。できることならば、俺もミーシャと別れたくはない。それはクラリスも同じだろう。

泣き止まないミーシャを見かねたサーシャが、俺らの目的地を尋ねてくる。

ビートル伯爵の選んだルートの件で地図を見せたときに、目的地も見ているはずだから分かっていると思うが、確認のためだろう。

「そこまで遠いとなかなかお礼もできないわね……」

サーシャの表情が曇る。

「次に会った時でもいいですよ。お金ではないものもいただいておりますし」

ミーシャと会わなければ、クラリスは結界魔法を覚えていなかったであろう。天眼はその前からレベルアップしていたから未来視《ビジョン》は開眼していただろうが、スキルのことも聞けた。

しかしサーシャはどうしてもお礼がしたいらしく、しばらく首を傾《かし》げていると何かを閃《ひらめ》く。

「うーん……あっ！　そうだ！　二人とも学校には行くの⁉」

学校？　そういえばキュルスもそんなことを言っていたな。

「どうでしょうか？　昨日キュルスさんにも言われましたがまだ先のことは……」

「――――キュルスに⁉　何を言われたの⁉」

めっちゃ食いついてくるサーシャに驚きつつも、昨日言われたことを思い出しながら答える。

「確かリスター国立学校に来いって……入学するときは必ずキュルスさんの名前を出せと……」

俺の言葉に思わずといった感じでサーシャが笑みを零《こぼ》す。

「あいつ、ちゃっかりしているわね……マルス君。もしよかったらキュルスの言う通り、リスター国立学校に来ない？　聞いているかもしれないけど、リスター国立学校はこの世界で一番の学校。マルス君であれば特待生間違いなしよ。ミーシャも十二になる年に入学するのよ」

ずっと泣いていたミーシャがこの話に食いつく。

「えっ⁉　また一緒に遊べるの⁉」

目を腫らしたミーシャがすがるような目でしてくる。無下に断れないし、断りたくもない。だが他国への留学ともなると俺一人の判断では不可能だし、クラリスもいる。

今度は俺が悩む番だったが、サーシャが助け舟を出してくれた。

「今すぐ決めろというのは無理よね。子供と離れるのはとても辛いというのは、今回の件で身に染みて分かったつもりだから、強要はしないわ。でもせめて親御さんに聞いてくれない？　もちろんクラリスちゃんもよ？」

俺たちに向けるサーシャの表情は、ミーシャに向けるそれと同じだった。

「分かりました。父と母に相談してみます。クラリスもいいか？」

「当然よ！　マルスが行くのであれば私も行くわよ！　ミーシャにもまた会いたいしね！」

また会える希望を見つけたミーシャは、目を腫らしながらも懸命に笑顔を作る。

「では、色々お世話になりました」

「またね。ミーシャ」

後ろ髪を引かれる思いで街を後にしようとすると、ミーシャの底抜けに明るい声がしみったれた空気を変える。

「二人ともありがとう！　また会ったらマルスにはとっておきの物あげるからね！　期待してい

てね！」

振り返ると、くしゃくしゃになりながらも、何度も俺たちにウィンクを送るミーシャの姿があった。思わずクラリスと声を出して笑うが、胸に熱いものがこみあげてくる。

クラリスの綺麗な青い目にも湖が張られていく。

ミーシャにバレぬように踵《きびす》を返し、両手を頭の上で大きく振るミーシャとサーシャに見送られながら、ガナルの街を後にした。

第8話　リムルガルドでの再会

「《結界《バリア》》！」

　クラリスの声と共にガラスの透明な板がクラリスの周囲に発現する。

　魔力眼でははっきりと視えるが、裸眼では確認できない。

「凄いじゃないか！　もう完璧に使いこなせるようになったな！」

「うん！　ありがとう！　あとはこのクールタイムと設置位置が問題ね」

　ガナルの街を出発してからずっと結界魔法の検証をしている。この《結界《バリア》》という魔法は、俺が唱えられるすべての魔法を弾くことができるのを確認したのだが、問題は今クラリスの言ったようにクールタイムだ。どうやら三十分に一回しか使えないようだ。一回の戦闘で一度きりだから使い所は慎重にだな。

　それに遠くまで《結界《バリア》》を張ることもできない。せいぜい十メートルといったところか。

　まぁクールタイムも《結界《バリア》》を設置できる距離も魔力依存、もしくは結界魔法のレベルかもしれないから引き続き検証を行う予定だ。


　もうそろそろ次の街が見えるかなと思った頃、俺の視界には別の物が映り込む。

　馬車だ。馬車が俺たちの行く先に止まっていたのだ。

車輪でも壊れたのかな？　と思って注視していると、突然二人の男が俺たちの前に立ちはだかる。

「おい！　ちょっと面をかせ！」

ガラガラ声で命令するのはヒドーに雇われていた【月夜の闇】リーダーのオリゴ。その隣には睡眠魔法使いのワルツ。まさかここで会うとは……。

御者台から降り、ミスリル銀の剣を抜くと、異変に気づいたクラリスも出てきてすぐに魔法の弓矢《マジックアロー》を構える。

どうやって逃げるか算段を立てていると、意外にもワルツから優しい声。

「オリゴ！　約束と違うぞ！　怖がらせるな！　すまない。実は君と顔面凶器《キュルス》との戦いを見させてもらっていてね。もっとも俺は気絶していたから途中からなんだけど。その戦いを見たオリゴが君に嫉妬をしてね。子供相手にみっともないけど、俺の方が強いだとかなんとか。だからちょっと手合わせをしてもらえないか？　もしもオリゴが暴走しようものなら眠ってもらうから。どうだ？　頼まれてくれるか？」

いくら優しい声で言われたところで、はいそうですか、というわけにはいかない。

「ちっ！　めんどくせぇ！　仕掛ければ応戦してくるだろう！　いくぞ！　クソガキ！　ワルツはそこの……美少女を頼む！」

クラリスのことを蔑称《べっしょう》したかったのか必死に考えるも、思い浮かばなかったらしく、結局は美少女と言うオリゴ。語彙《ごい》力がないわけではない。この言葉以外当てはまらないのだ。

そう言いながらオリゴが剣を抜き、じりじりと近づいてくる。

その間にオリゴを鑑定すると、筋力、敏捷値、耐久値が若干俺より高いくらいで、《風纏衣《シルフィード》》を展開すれば、剣術レベルの差も埋められるかもしれないと思わせるステータス。

「クラリス！　オリゴ以外から襲われる可能性もある！　馬車の中も警戒しておいてくれ！」

「分かったわ！」

クラリスの返事と共に、オリゴの白刃が振り下ろされる。

（《風纏衣《シルフィード》》！）

キュルスとは違い、殺意のこもった剣をミスリル銀の剣で打ち返す。

「このっ⁉　ガキの分際で！」

よほど自信があったのか、俺に受けられたことに腹を立てたオリゴが力任せに剣を暴れさせる。

「オリゴ！　やめ……」

ワルツがオリゴを止めようとするが、途中で言葉を飲み込む。完全に俺がオリゴの剣を捌いているからだ。

そして五分も経たないうちにオリゴの剣がブレ始める。未来視《ビジョン》を使っているわけではない。力任せに剣を振っていたオリゴの体力がきれたのだ。

「《スリープ》！」

俺とオリゴの剣戟中に突然ワルツから放たれる魔法。一瞬やばいと思ったが、その手は明らかに俺を狙っていなかった。

《スリープ》を喰らいその場で崩れ落ちるオリゴ。剣を握っているから、倒れ方が悪ければ命を落としかねないが、ワルツはそんなことを気にする様子はなかった。

「申し訳ないが、引き分けということでいいか？」

どうやら本当にワルツは俺たちをどうにかしようとは思ってないらしい。

「ええ。もうこれ以上僕たちに関わらないでほしいのですが」

「ああ。少なくとも俺はもう君たちに敵対行動を取ることはない」

ワルツだけでも戦わなくてするのであればデカいな。今戦ってみて確信したが、オリゴ相手であれば間違いなく勝てる。俺が頷くとワルツが白い歯を見せる。

「君たちは西に向かうのかい？　もしそうであれば、俺たちはガナルに戻る」

ワルツの問いに頷くと、

「そうか。色々すまなかった。そして君のおかげで決心がついた。最後に名前を聞いても？」

何か吹っ切れたかのような顔で語るワルツに思わず答えてしまった。

「マルスです。一つ聞いていいですか？　ワルツさんに何があったのですか？　ミーシャを眠らせて捕らえたのもワルツさんですよね？」

「マルスというのか……そうだ。俺があの子を眠らせて捕らえたのだが、マルスがクラリスとあの子を守ろうと顔面凶器《キュルス》に立ち向かう姿に感銘を受けてね。俺は誰かを攫うために血の滲《にじ》む努力をしたのではない。誰かを守るために腕を磨いてきたのだと。オリゴや他のメンバーにも言ったのだが、聞き入れてくれなくてな。【月夜の闇】を抜けることにしたんだ」

ワルツの言葉に思わずクラリスと顔を見合わせてしまう。

すがすがしい顔をしたワルツが俺たちに別れを告げると、爆睡しているオリゴをワルツが重そうに抱え、ワゴンの中に乱暴に放り投げると【月夜の闇】の馬車は大きく旋回し、ガナルの街で向かう。

一切の迷いもなくまっすぐ走る馬車は、ワルツの心そのものにも見えた。


隣の街に着いたのは、辺りが暗くなった十八時を過ぎたころだった。

「すみません。二部屋空いて……」

馬を預け、いつものように二部屋取ろうとすると、クラリスが俺の袖を引っ張る。

「ね、ねぇ……今日は一部屋じゃダメかな？　ベッドは別々でいいから……」

宝石のように光る目が俺を見つめる。

「う、うん。俺はいいけど……というか一緒の方が安心だから……いいのか？」

当然断る理由はない。むしろ俺も一緒の部屋に泊まりたいと思っていた。当然下心からくるものではない。ミーシャが攫われたのが宿泊中と聞いたからだ。

恥ずかしそうにうつむくクラリスが「お願いします」と言うと、店の主人が好奇な目を向ける。

二人で部屋に入り、いつものように風呂に入ろうと思ったのだが、考えてみれば一部屋に一つの浴室。

俺とクラリスが転生者でなければ、あるいは俺たちの転生する前の年齢が今と同じくらいであれば、一緒に入るというのが普通かもしれない。

　だが俺たちには前世の記憶が残っており、さすがにそれはできない。

「クラリス、先にお風呂に入っていいよ」

「えっ？　いいよ。マルスから入って。私長湯だから」

　互いに譲りあったが、「俺は紳士だからレディーファストなの」と言うと、「自分のことを紳士って言う人って怪しいよね」とクスリと笑いながらもクラリスが先に風呂に入る。


　クラリスが風呂に入ってからもう一時間が過ぎようとしている。浴室から何も音は聞こえない。長い……長すぎる。長湯と言っていたが、もしかしたら疲れて寝てしまっているのでは？　だとしたら早く助けにいかなければ……しかしもしも起きていた場合、早く出るようにせかしているようにも思われる。

　あと五分、五分したら声をかけようと思ったとき、浴室から出る音が聞こえた。声をかけなくて正解だった。

「ごめん。いつもよりかは早く出たつもりなんだけど……待ったよね？」

　濡れた髪をタオルで乾かしながら戻ってきたクラリスが、申し訳なさそうに謝る。

「そんなことないよ。いい湯だった？」

「うん。ちょっと熱魔石の加減が上手くいかなくて時間がかかっちゃったけど」

　熱魔石というのは、浴槽に張った水を温める用の魔石のことだ。宿に泊まるときに一緒に買うのだが、俺は使ったことがない。火魔法で水を温めるからな。

　それでもクラリスに気を使わせないように自分の分も一つは必ず買うようにしている。私だけ使って申し訳ないという気持ちにさせたくないからな。

　クラリスに続き俺も風呂に入ってから、食堂で食事を摂り寝る準備をする。

「昨日、今日って濃い一日だったね」

　フードのついた薄い法衣にサーシャがはいていたようなショートパンツ姿のクラリスが、ベッドに腰をかけて話しかけてくる。当然クラリスの脚もサーシャに劣らぬ美脚だ。

「そうだね。いい出会いも多かったけど、一歩間違えれば死んでいたかもしれない。この世界で安全に暮らすにはもっと力をつけないといけない」

　クラリスと向かい合うように反対側のベッドに腰を掛け、もっと強くなることを誓う。

「うん。私も頑張るから少しは頼ってね」

　しばらくクラリスとミーシャとの思い出話に花を咲かせてから眠りについた。


　ガナルを出てからの俺たちの旅は順調だった。

　悪路も多かったが、土魔法で地面を均《なら》しながら進む。《ヒール》のおかげで他の馬よりも長く走れるのも予定よりだいぶ早く進めている要因だ。

　あと少しでバルクス王国との国境。

「いよいよバルクス王国だ」

「予定よりも早くここまで着いたわね」
「そうだね。あとはここを無事に越えられるかどうかだ」

国境まで残り十キロメートルを切っている。

現在バルクス王国とザルカム王国の戦争は小康状態となっているようだ。

俺らは戦争の最前線にある街の東リムルガルドに泊まり、明日の朝早く出発してバルクス王国の東端の街、西リムルガルドまで行く。

もともと中央大陸は一つの国だったらしい。

それがリスター帝国、バルクス王国、ザルカム王国に分かれてしまい、現在リスターは帝国ではなく十二人の公爵が治める連合国となっている。まぁ国というよりかは諸侯同盟な気もするが、その辺は体裁の問題だろうな。

一つの国だったころの首都、もとい帝都リムルガルドは、今は荒れている聞く。長年バルクス王国とザルカム王国の戦争の舞台になっているからだ。

東リムルガルドの宿屋に着いた俺たちは、夕方までに時間があるから街の中をぶらついていた。

戦争の最前線だからか、冒険者の数も他の街に比べて段違いに多い。

メインストリートは冒険者で溢《あふ》れ、肩がぶつかった、ぶつかってないから喧嘩が始まり、まだ昼過ぎにも拘らず、飲み屋のテラス席には喧嘩を肴《さかな》にジョッキを空にする冒険者たち。

酒の匂いと汗の匂いが充満したメインストリートを一本外れると、そこにはずらりと武器屋、防具屋が並ぶ。

店のショーウィンドウには煌《きら》びやかな武具、防具が並べられ、それを食い入るように見つめる俺たちより少し上の子供たちの姿。将来冒険者になりたいのだろうが、まずは物を見定める眼力を鍛《きた》えた方がいい。そこにあるのはヒドーが俺に売りつけようとしたナマクラと変わらぬレベルのものばかりだからだ。

「なんか、戦争の最前線の街とは思えない雰囲気だね。俺は野戦病院に怪我人がずらりと横たわっているのを想像していたけど」

「そうね。もっとバチバチにやりあっているかと思っていたけど。嬉しい誤算ね」

クラリスと手を繋《つな》ぎ、ショーウィンドウではなくクラリスに釘付けになった少年たちの脇を通り店の中に入ると、早速店主に聞いてみる。

「すみません。魔導書はありますか？」

武器屋に魔導書？　と思うかもしれないが、魔導書は防具屋にも売っているし、場合によっては冒険者ギルドにも売っている。冒険者が手に入れた魔導書はどこに売っても構わないのだ。

結局ここにも雷魔法の魔導書は売ってなかった。まぁ売っている可能性は限りなく低いと思っているからあまり落胆もしないんだけどね。

あらかた店を回って宿に戻ろうとしたときに、クラリスが異変に気づく。

「ねぇ？　マルスのカバン光っているわよ？」

カバンが光る？　何のことだ？

背負っていたカバンを下ろすと、クラリスの言う通り、カバンがぼんやりと光っていた。

「なんだろう？」

中を覗いてみると、イルグシア迷宮《ダンジョン》からグランザムに転移したときに、【蒼の牙《ブルーファング》】リーダーのバンにもらった水晶だ！　これは対となる水晶が近づくと相手の位置が分かるようになる……つまり【蒼の牙《ブルーファング》】が近くに来ているということだ！

「クラリス！　バルクス王国から俺の知り合いがこっちに向かっている！」

「え？　どうして分かるの？」

水晶のことをクラリスに説明すると、クラリスも納得する。

「下手に動いたらすれ違いとかありそうだから、私たちは目立つ場所で待っていましょう」

「ああ、そうだね」

宿の前でクラリスと二人で水晶を眺め、【蒼の牙《ブルーファング》】を待つ。すでに【蒼の牙《ブルーファング》】は越国している。ここまではあと数十分といったところだろう。

逸《はや》る気持ちを抑えきれず、そわそわしていると、クラリスにも緊張感が伝わってしまった。クラリスはクラリスで初めて会う人に対して緊張しているのかもしれない。

そしてついにその時がきた。

曲がり角から二つの影が迫ってくると、俺の前に現れたのはなんとアイクとジークだった。

「「マルス！」」

「お父様！　アイク兄！」

三人で駆け寄り再会の喜びを爆発させる。

「心配したんだぞ！　大丈夫か⁉」

「はい。お父様！　まず二人に紹介したい人がいます！」

【蒼の牙《ブルーファング》】が来ると思っていたクラリスは、急に俺の家族であるジークとアイクが来たものだから、緊張のあまり固まっている。それを見たジークがクラリスの緊張をほぐすように、ゆっくりと話しかける。

「君がクラリスさんだね。ビートル卿からの手紙で大体のことは知っている。とりあえず今日は遅いから、ここの宿にでも泊まってみんなで食事でもしながら話さないか？」

「は、はい。クラリス・ランパードと申します。よろしくお願いします」

緊張しながらもクラリスは、スカートの裾を軽く持ち上げ、左足を斜め後ろに引き、右足の膝を軽く曲げて頭をちょこんと傾け、ぎこちない笑顔を作り、挨拶する。

見事な所作にジークとアイクのみならず、俺まで見入ってしまう。

「あ、ああ。ご丁寧にどうも。マルスの父ジーク・ブライアントです」

「は、初めまして。兄のアイク・ブライアントです」

完全にクラリスにやられてしまった二人があたふたしながら自己紹介をする姿に、思わず吹き出してしまった。

アイクとジークも部屋を取り、風呂に入ってから食堂に集まることにした。

クラリスの長湯をいつも通り待ってから食堂に向かうと、すでにアイクとジークは夕食を食べていた。

「「お待たせしました」」

席に着き俺たちも早速食事をいただく。

「まさか奥手のマルスがクラリスさんと一緒の部屋に泊まっているなんてちょっと驚いたぞ。それ以上に、あまりにも年齢に相応《ふさわ》しくない雰囲気に驚いているがな」

開口一番いきなりジークが爆弾を投げてくる。この年で奥手も何もないだろうに。

「え、ええ……ここに来るまでの間、色々ありまして……」

魔の森で地獄の蛇《ヘルスネーク》を倒したこと。ミーシャやサーシャのこと。オークションのこと。三人で白金貨十枚の値段がついたことなどを話すと、二人とも口をあんぐりあけながら聞いていた。

「そ、そんなことが……それは一緒の部屋に泊まるのは当然だな。よくやったマルス！　さすが俺の自慢の息子の一人だ！」

「なんかちょっと見ない間にマルスも逞《たくま》しくなったな。それにこんないい女性《ヒト》を見つけてくるなんて、兄である俺の立場も考えてくれよ」

冗談っぽく話すアイクにクラリスが照れながら頭を下げる。

「そういえばマルス、クラリスさん……いや、クラリス、二人はリムルガルドの件を知っているか？」

談笑を続けていると、ジークが少し真面目な顔をして俺とクラリスに問いかけてきた。

「ええ。バルクス王国とザルカム王国が争っているのですよね？」

俺の答えにジークが首を振る。

「俺もそう思っていたのだが、どうやら二、三日前に突然リムルガルド城が迷宮《ダンジョン》化し、迷宮飽和まで起きたそうだ。両国の冒険者は、表向きは争っているが、裏では手を取り合い情報共有しているらしい。両国の冒険者が手を結んでいる間にリムルガルドを抜けたい。だから明日になってすぐここを出発しようと思う。いいな？」

ジークの言葉に皆が頷き、部屋に戻った。


――翌日。

早朝から東リムルガルドを発ち、進路を西南西にとる。

当然まっすぐ西に向かった方が早いのだが、西に進むと迷宮飽和中のリムルガルド城があるので、掠《かす》めるように通り過ぎるようだ。

「マルス、クラリス。外を見てみろ。あれがリムルガルド城だ」

御者台に座るジークがワゴンにいる俺たちに声をかける。

ワゴンの中から北西方向を見ると、晴天にも拘らず、リムルガルド城の上空には漆黒の雲。

リムルガルド城の周囲にかかる霧は、主のいない城が嘆くように吐き出しているようだった。

徐々にリムルガルド城が近づくにつれて、魔物の数が多くなる。

「お父様、少し外に出て魔物たちを間引きしてもよろしいですか？」

「そうだな。アイク、マルス。お願いできるか？」

ジークの言葉にクラリスが反応する。

「ジーク様。私も行きます！」

これに困った表情を見せるジーク。

「お父様。クラリスの戦いも見てもらっていいですか？　きっと度肝を抜かれると思いますよ」

俺の言葉にジークが渋々頷き、ジークは御者台に乗ったまま、俺とアイク、クラリスの三人で間引きを行う。

「す、すごいな……魔物たちをまったく寄せつけないじゃないか」

クラリスの魔法の弓矢《マジックアロー》の前に魔物たちが葬られていき、俺とアイクはただただ魔物の死体を焼いているだけ。それを御者台で見ていたジークが、

「ちょ……確認していいか？　ビートル卿からクラリスは神聖魔法使いと聞いたのだが？」

驚きながら質問してくる。

「そうですよ。クラリスは僕よりも凄い神聖魔法使いです。無詠唱で《ヒール》を唱えることができますから」

クラリスを褒められ、ついつい嬉しくなってしまった俺が自慢するように答えると、

「――――マルスよりもだと!?　最近の神聖魔法使いは万能なのか？」

ジークが首を傾げる。

「お父様、このまま少し北上して間引きをしてもよろしいですか？」

「そうだな。バルクス王国も目の前だし、神聖魔法使いが二人。しっかりとマージンを取りなが

ら行くか」

　ジークの許可が下りたので、間引きしながらゆっくり北上するにつれ魔物の質も数も増えていき、クラリスの魔法の弓矢《マジックアロー》だけでは捌けなくなってきた。

　これを受けて死体処理班だったアイクが炎の槍《フレイムランス》を片手に生き生きとした表情を見せる。

「ようやく俺の出番だな」

　クラリスが魔法の弓矢《マジックアロー》で削ったところに炎の槍《フレイムランス》が突き刺さる。

　本当は俺がクラリスと息の合った連携を見せたかったのだが、まぁここはアイクに譲ろう。

　そう思いながら二人の戦いを見ていたのだが、昨日会ったばかりのクラリスに背中を預けているとは思えないアイクの動きに疑問を覚える。

　よほど信頼していないと、魔物を狙った矢が自分に当たるかもしれないと思い、矢を射る度に周囲を確認したり、自由に動き回れないと思うのだが、アイクにはそれがない。

　なぜだ？　どうして？　もしかしたら……見事な連携に嫉妬を覚えると、魔物を倒し終えたクラリスがアイクを称える。

「アイクさん！　見事な槍捌き感動しました！」

　クラリスの黄色い声にアイクが満足そうに炎の槍《フレイムランス》を天に向かって突き上げ、俺の方に歩いてくる。

「アイク兄。また腕をあげましたね。でもクラリスを完全に信頼しきっているように見えたのですが、なぜですか？」

ストレートに聞くと、アイクの答えは予想外のものだった。

「当然だろ!?　俺が一番信頼しているのは他の誰でもないマルス、お前だ。クラリスはマルスが認めた女性《ヒト》だろ？　疑う余地などないさ」

アイクの言葉に自分が情けなくなる。そうだよな。アイクはこういう人だ。

魔物たちを間引きしながらゆっくり北上を続けると、冒険者たちの集団に出くわした。数にして三十人くらいはいるかもしれない。

そのうちの一パーティが戦いを切り上げて、ジークに話しかけてきた。

「ここは危険だぞ？　といっても、ここまで来たということはすでに幾度も戦ってきたということなのだろうが」

「ああ、俺たちはここから少し南から魔物を間引きしながら北上してきた。少しでも皆の助けになればと思ってな」

「ありがたいが大丈夫か？　俺たちも自分たちで手一杯になることがあるから、助けることはできないが……」

「分かっている。ちょうど離脱しようと思っていたところだ。だがその前にちょっと状況を確認させてくれないか？　今リムルガルド城はどうなっている？」

ジークの言葉に、話しかけてきた冒険者が顔を曇らせる。

「……リムルガルド城にAランクパーティが入っていたのだが、もう長いこと戻ってきていない。中の様子だけ見てすぐに戻ってくると言っていたのだが……それにこの先の城下町の魔物も手強くてな。とても俺たちじゃ無理だからここで戦っているんだ」

　Ａランクパーティが帰ってこない？　それにこの人たちでも城下町にさえいけないのか。

戦いを見る限りＣ級冒険者クラスだと思うが……。

「そうか。情報提供ありがとうな。だが無理はするなよ。回復薬《ポーション》を置いていくから良かったら使ってくれ」

　ジークが持っていた回復薬《ポーション》をすべて冒険者に渡すと、よほど嬉しかったのか、何度も冒険者がジークに頭を下げた。

　まぁ俺とクラリスがいれば回復薬《ポーション》はいらないからな。

　ここを去るとなれば早い方がいい。急いで馬車を西に走らせ、バルクス王国領でリムルガルドに一番近い、西リムルガルドを通り越し、ビスマルクへと向かう。

　西リムルガルドで魔導書だけでも見たかったのだが、もしリムルガルド城や城下町の魔物が溢れてきたとき、西リムルガルドも危険だから、少しでも西に進んだ方がいいということで通り過ぎたのだ。

　戦争していたというだけあって、道はボコボコでとてもじゃないが馬車が移動できる状態ではなかったが、なんとか土魔法で舗装しながら馬車を走らせる、ビスマルクに着いたのは、夕方を回っていた。

第9話　帰還

ビスマルクを出立してもう十日以上が経つ。

イルグシアまでの道のりは順調だった。

アイクとジークがいることで、俺もクラリスもＭＰのことを心配しなくてもいいというのが大きかった。

クラリスがひたすら馬に《ヒール》をかけ、ＭＰが枯渇すると俺に交代。クラリスのＭＰが回復したら今度は俺がＭＰ枯渇させてクラリスと交代。これを繰り返すことによって馬を十時間以上走らせ続けることができた。

そして現在、アルメリアを発ってもうすぐイルグシアだ。

時刻はすでに十八時を回っているが、ここはもう庭のようなもの。さほど危険でもないのでこのままイルグシアまで馬を走らせる。

俺たち四人はイルグシアを前に最終確認をしていた。

「クラリス、君はイルグシアに行ったら我々ブライアント家の者、または近い者以外には極力神聖魔法のことは隠した方が良い。いいかね？」

ジークがクラリスに確認する。

「はい。そのつもりでした」

「あとクラリスはブライアント家で共に暮らしてもらおうと思う。気持ちとしては新しい家族として迎えたい。マルス以外にはすでに伝えて了解を得ている。いいかな？」

「あ、ありがとうございます。よろしくお願いします」

「お父様、ありがとうございます」

「よし、詳しいことはまた家に着いてからだ。もうイルグシアが見えてきたぞ」

久しぶりのイルグシアは少し様子が変わっていた。

街を照らす魔石の数が格段に多くなっていたのだ。

「凄い魔石灯の数……これなら夜も安心して外を出歩けるわね」

クラリスも魔石が醸し出す幻想的な光に感嘆の声を上げる。

「これは、お父様とお母様が夜でもマルスを探しに行けるようにと、冒険者や住民に号令をかけて設置したんだ。当然俺も手伝ったぞ」

随分家族には心配をかけたんだな。その分親孝行をしなければ。

新たな決意を胸にイルグシアの街門を潜ると、そこにはマリア、リーナを始め、【蒼の牙《ブルーファング》】やイルグシアの冒険者、住民たちがこぞって出迎えてくれた。

「「「マルス！　お帰り！！！」」」

俺が元気だとが分かると、みんなの興味は俺からクラリスへと向かう。

特にイルグシアは迷宮《ダンジョン》の難易度からして、ペーパーと呼ばれるＧ級、Ｆ級冒険者上がりのＥ級冒険者が多い。Ｅ級冒険者はだいたい十五歳。だから少し年下程度に見えるクラリスは多感な者たちの視線を……心をすぐに奪ってしまった。

　皆の視線を独り占めにしたクラリスは、俺の後ろを申し訳なさそうについてくる。

　家に帰ると盛大なパーティが催された。一部の冒険者や住民も招待されていて、相変わらずみんなの視線や興味はクラリスに注がれていた。

　パーティが催されることをジークから事前に聞いていた俺は、最初に話をさせてくれと頼んでいたので、ジークよりも先に挨拶をさせてもらった。

「皆さん、今回僕の件で大変ご迷惑をお掛けし申し訳ございませんでした。一緒に来た女性《ひと》に興味を持ったり、驚いている方もいらっしゃるようですので、ご紹介いたします。クラリス、こっちに来てくれ」

　マリアと話していたクラリスを近くに呼んだ。

「こちらは、クラリス・ランパードさんです。僕の大切な人なので、皆さんよろしくお願いします」

　俺が紹介すると、いつぞやと同じ、スカートの裾を軽く持ち上げ、左足を斜め後ろに引き、右足の膝を軽く曲げる所作を見せる。

「皆様、初めまして。ただいま紹介にあずかりました、クラリス・ランパードと申します。光栄なことにブライアント家にお世話になることになりました。至らない点も多々あると思いますが、ご指導・ご鞭撻《べんたつ》のほど何卒よろしくお願いいたします」

　クラリスは緊張しているのか、社会人の挨拶みたいで少し笑ってしまう。

パーティーの出席者たちの中には、立派な言葉遣いと所作に感心している者もいたが、若い冒険者たちは項垂《うなだ》れていた。

「クラリスの件についてはまた後日話すこともあるかと思う。今日はマルスの帰還祝いとクラリスの歓迎会だ。みんな無礼講で楽しんでくれ！　乾杯！」

ジークが乾杯の音頭を取ると、鬱憤を晴らすかのように若い冒険者たちは酒を煽り、泣き出した。


――――翌日。

ブライアント家とクラリスを集めてジークが家族会議を始めた。

「マルス、クラリス、長旅で疲れていると思うがすまない。今後の俺たちの方針を決める」

ジークの言葉に参加者全員がピリッとした雰囲気を醸しだす。

ちなみにリーナはクラリスの膝の上にいる。一日でだいぶ懐かれたようで、昨日リーナはクラリスと一緒のベッドで寝たとのこと。

「まずアイク、来年一月のリスター国立学校への入学を目指してほしい。試験は今年の十二月からだ。いいか？」

ジークの言葉に思わずクラリスと見合ってしまった。リスター国立学校⁉　サーシャとキュルスが来いと言っていた学校じゃないか！　どうして急にジークの口からその学校の名前が出るんだ？　しかしアイクは予想していたのか、それとも聞かされていたのかは分からないが、躊躇うことなく答える。

「はい。お父様。この大陸最難関と呼び声の高いリスター国立学校へ必ずや合格して見せます」

次にジークは俺に視線を向ける。

「マルス、マルスには冒険者が定住できる大規模集合住宅の材料の調達を手伝ってもらいたい！　具体的にいうとレンガだ！　期間は一か月！　手伝ってくれるな？」

レンガ？　人が住むとなればしっかりとした焼成レンガってやつだよな？　そういえばアルメリアで何軒レンガ造りの立派な屋敷を見たことはあるが……あれって作るの難しいよな？

「分かりました。でも僕はレンガの作り方を知らないのですが？」

「ああ、それなら心配ない。イルグシアの連中のほとんどはマルスも知っての通りアルメリアからの移住者だ。その辺のことは大工にも言ってあるから心配するな」

そういうことであればお安い御用だ。将来の役にも立ちそうだしな。

「はい！」

大きく返事をするとジークが満足そうに頷く。

「クラリスにはこの一か月でなるべくイルグシアに慣れてほしい。ここがクラリスの第二の故郷と思えるように。マリアもよろしく頼む」

ジークがマリアとクラリスを交互に見て話すとマリアが、

「当然よ。将来の娘のためには何でもするわ」

ブライアント家は外堀から埋めていく作戦のようだ。

クラリスは顔を赤くし、ほっとしたような表情（俺にはそう見えるだけかもしれないが）をし、

「ありがとうございます。マリアさん。よろしくお願いします」

とクラリスが答えると、マリアとリーナが、

「急には慣れないかもしれないけど、お母さんと呼んでね」

「リーナもクラリスさんのことをお姉ちゃんって呼んでいい？」

八歳の少女に対してブライアント家の猛攻が始まる。

「なぜマルスとクラリスに一か月以内と期限を決めたかというと、一か月後にアイクと二人にはアルメリアの迷宮《ダンジョン》に潜ってほしいのだ。そこでレベル上げや装備、また可能であればお金を稼いでもらいたい」

お金に不自由はしていないと思うがどうしてだろうか？

「今から話すのは、これからのブライアント家の展望だ。俺は伯爵への陞爵を目指す」

今まで爵位に興味を示さなかったジークが陞爵を目指す!?　しかしマリアとアイクは驚いてはいない。俺が戻ってくるまでの間に二人には話していたのかもしれない。

「そのためにはどうしてもお金が必要となる。それと人材だ。マルスに大規模な集合住宅を作ってもらうのは人材の確保のためでもある。冒険者は【蒼の牙《ブルーファング》】のようにこれから強くなる冒険者もいるが、もう成長期を過ぎて最前線でやっていくのを諦めている冒険者たちもいる。そういう冒険者たちは生活のために盗賊になったり奴隷落ちしたりすることもある。だから俺はその冒険者たちをこの街の自警団として雇いたい。もし伯爵に陞爵《しょうしゃく》された場合は、騎士団のメンバー、ま

たは指南役として迎えるつもりだ！」

　ジークはさらに熱を込める。

「【蒼の牙《ブルーファング》】のメンバーは皆俺の意見に賛同してくれて、この街に留まってくれることになった。そして【蒼の牙《ブルーファング》】と同じくらい有望な【赤き翼《レッドウイング》】も賛同してくれている。【赤き翼《レッドウイング》】に関してアイクは馴染《なじ》みがあるだろう。全員Ｄ級冒険者のＣランクパーティだ。この【蒼の牙《ブルーファング》】と【赤き翼《レッドウイング》】の二パーティともう一パーティを雇ってイルグシア迷宮《ダンジョン》を常時監視したい。もちろん俺とマリアもイルグシア迷宮《ダンジョン》に潜る。将来的に騎士団三つくらい編成できればと思っている。とまぁこんなところだ。何か質問はあるか？」

　ジークが俺たちに問いかけてきたので、早速質問する。

「どうして急にアイク兄がリスター国立学校を目指すことになったのですか？　またどういう学校なのですか？」

「ああ。実は俺もリスター国立学校のことを最近まで知らなくてな。マルスがグランザムを出発する前に手紙を送ってくれただろう？　そこにビートル卿からの手紙が添えられていてな。才能あるマルスとクラリスには是非リスター国立学校で学ばせてあげてほしいと」

　ビートル伯爵が？

「それからだ、リスター国立学校を調べたのは。そこでは各国から選《よ》りすぐられた才能のある子供たちが、一流の先生たちに教育され、卒業後はＡ級冒険者やリスター連合国の大貴族に仕えるのも夢じゃないということが分かったんだ」

ブライアント家の跡取りを、他国に向かわせてでも、通わせたいくらいの学校なのか。まぁ同じ年くらいの子と切磋琢磨《せっさたくま》しながら毎日を過ごせるのであれば相当いい刺激にはなるよな。

納得した俺にジークがまだ説明を加える。

「実はカーメル辺境伯にも相談したのだが、過去にカーメル辺境伯の子供たちの中でも優秀な子供が二人、リスター国立学校の試験を受けたそうだが、結果は不合格、それもまともにテストすら受けさせてくれずに、正門を少し歩いたところで紙を何枚か渡されそのまま不合格となったと言っていた。今年は孫が受けたらしいが、やはり落ちたとのこと」

え？　試験もせずに紙を何枚か渡されただけで不合格っておかしくないか？　なんで不合格になったのか分からないじゃないか？

さらに疑問が募るが、どうして落ちたのかはジークも分からないとのこと。まぁ子供や孫が学校の受験に失敗して、どうして落ちたのですか？　なんて聞けるわけがないよな。

なぜ陸爵を目指すのかも気にはなったが、サラリーマンも出世を目指すし、冒険者だってより高位を目指す。ジークの急な宣言に驚いたが、考えてみると普通なことかと思い、言葉を飲み込んだ。

「よし、他に質問はないなら、明日から頼むぞ。明日は俺、マリア、アイク、マルス、クラリスでボス部屋に向かう。リムルガルドでクラリスの強さを確認できたが、神聖魔法や他の魔法も見せてくれ！」

――翌日。

五人でイルグシア迷宮《ダンジョン》のボス部屋に向かう。

結論から言うと、俺がいなくても余裕をもって戦えていた。やはりクラリスの後方からの魔法の弓矢《マジックアロー》は効果的だな。ＭＰ消費が少なく、かなりのダメージを与えることができる。ダメージを負ったゴブリンジェネラルを遠い間合いからアイクが槍で一突きすれば、もう魔石に変わっている、もしくは戦闘不能状態になっているからな。

ゴブリンキング、ゴブリンロードと戦うときだけジークとマリアも参戦したが、未来視《ビジョン》で見る限りではアイクとクラリスの二人だけでも大丈夫だろう。

皆が戦っているのを見ながら、俺は俺で土魔法の訓練をしていた。少しでもレベルを上げて効率よくレンガを作りたいからな。

何度か潜っているうちにジークも大丈夫だと思ったのか、俺抜きの四人で潜ることも増えた。まだクラリスには結界魔法という奥の手があるしな。アイクやジークには一度見せたが、実戦で使うほど危険な状況に陥っていない。

その間に俺は集合住宅づくりを進める。

――そして一か月が経った。

第10話 アルメリア

今日はアルメリアに向けイルグシアを発つ日。

この一か月、俺はレンガを街大工たちと一緒に作り続けていた。

土魔法レベル3になった俺は、《ストーンバレット》で発現した石を細かく砕き、それを《アースバレット》で発現させた土と水をよく混ぜて大工に渡す。魔法で作った石や土を使うのは、余計な草や虫がないからだ。

大工はさらに粘土を入れて、混ぜあわせてから乾燥させる。

二日かけて乾燥させたものを木の型枠に詰めてからさらに乾燥させる。この時ＭＰに余裕があれば《ウィンド》を使い、なるべく早く乾かす。当然威力を弱めて放つのだが、この威力の加減も難しい。出力を下げることに苦労し、木の型枠ごと吹っ飛ばしてしまったこともあったが、何度も失敗を重ねてようやく心地よい風を吹かせることができるようになった。やはり努力が報わるというのは素晴らしい。

型枠から外したレンガを焼くのだが、この時使う炉がとんでもない物だった。

「どうだ!?　これはアルメリアの職人に前から制作を頼んでいたミスリル銀製の炉だ！　ミスリル銀製の炉であれば、劣化することもないし、熱にも強い！　たとえレンガが燃え尽きてもミスリル銀製の炉はびくともしない！」

ジークが自慢げな表情で鼻の下を人差し指でこする仕草を見せる。大人たちが持ってきたのはミスリル銀製の炉だった。

他の炉を試したことがないが、とにかくこれであれば大丈夫という気にはなる。

実際このミスリル銀製の炉の中にレンガを入れ、言われた通りに焼いてから冷ますと、しっかりとした焼成レンガができあがった。

まぁ焼くのにコツがいり、じっくり火力を上げなければならないのに、俺は火魔法の加減がなかなかうまくできず、初めのうちに出来上がった何個かは割れたり、強度が足りなかったりしたから廃棄することになったんだけどね。

レンガを作ればあとは大工に任せる。さすがに建築知識のない俺が建てて、何かあったら怖いからな。

だが時間があれば大工の人たちの仕事もしっかりと見ておいた。もしかしたら今後俺一人で家を建てたりするかもしれない。

一か月よくやったなと思いつつ、自身を鑑定する。

【名前】マルス・ブライアント
【称号】風王／ゴブリンスレイヤー
【身分】人族・ブライアント子爵家次男
【状態】良好

【年齢】八歳

【レベル】21

【HP】130／130

【MP】7996／7996

【筋力】84

【敏捷】90

【魔力】132（+7）

【器用】115（+2）

【耐久】81

【運】30

【固有能力】天賦（LvMAX）

【固有能力】天眼（Lv8）

【固有能力】雷魔法　S（Lv0／20）

【特殊能力】剣術　B（Lv7／17）

【特殊能力】火魔法　F（Lv6／8）（5→6）

【特殊能力】水魔法　G（Lv3／5）

【特殊能力】土魔法　G（Lv4／5）（2→4）

【特殊能力】風魔法　A（Lv14／19）（13→14）

【特殊能力】　神聖魔法　Ｃ（Ｌｖ６／15）
【装備】　ミスリル銀の剣
【装備】　風の短剣《シルフダガー》
【装備】　偽装の腕輪

風魔法、火魔法、土魔法、そして器用値。ＭＰ８０００近い俺が、毎日三回枯渇させ、一日約２４０００、一か月で７０００００以上使ったんだ。レベルも上がって当然だろう。

クラリスも迷宮《ダンジョン》に潜らないときは、大工仕事を手伝ってくれ、手が汚れる仕事も率先してやってくれた。そんなクラリスを大工たちが受け入れてくれないわけがない。マリアのコミュニティにも参加し、同世代の女の子たちともすっかり仲良くなっていた。

またここ最近、やたら若い冒険者が増えた気がする。彼らも迷宮《ダンジョン》に潜らないときは積極的に大工仕事を手伝ってくれた。これはもしかしたらジークあたりが出したクエストなのかもしれない。

また住民たちも、自分たちの手があけば率先して協力してくれた。

アイクはこの一か月間、迷宮《ダンジョン》に潜るとき以外はずっと座学に励み、リーナはクラリスにべったり。クラリスが大工仕事を手伝えば一緒に手伝い、マリアと一緒に台所に立てばリーナも配膳などできることをする。風呂も一緒、寝るのも一緒。クラリスがリーナから解放されるのは迷宮《ダンジョン》に潜るときくらいだった。

「何かあったらすぐに報告に帰ってこい」

「マルス！　クラリスを頼むわね！　アイクも二人をよろしくね！」

「お兄ちゃん！　お姉ちゃん！　気を付けてね！」

ジークとマリア、リーナを始め、冒険者や住民に見送られながらイルグシアを発ち、数時間馬車に揺られ、アルメリアに着く。

「なんか少し雰囲気が変わったか？　なんというか……うまく言葉に表せないが」

　到着するなりアイクが街を見渡しながら呟《つぶや》く。

　確かに俺たちが住んでいた頃よりかは活気がない。でも人がいないということはなく、往来は多い方だ。少し街の雰囲気に違和感を覚えつつ、まずはこれから泊まる宿を探す。

イルグシアとアルメリアはとても近い。それに道中魔物が出ることもあまりない。毎日イルグシアに帰ってもいいのだが、迷宮探索《ダンジョンアタック》の効率が落ちるため、宿を取ることにしたのだ。

二つの部屋を三か月借り上げ、週に一回（こっちの世界に週という概念はないのだが）イルグシアに帰ることにした。

二つの部屋はどういう振り分けかというと、クラリスが一人で一部屋、俺とアイクで一部屋。ここはザルカム王国と違って治安もいい方だし、クラリスの心の傷もすっかり癒えたしな。少し残念な気もするが仕方ない。

　荷物を下ろした俺たち三人は、明日から迷宮《ダンジョン》に潜るための買い物に出かける。

「うーん。迷宮都市といえどもいいのはないのね……」

隣でショーケースに視線を落とすクラリスが、耳に髪の毛をかけながら小さな声で呟く。

「そうだね。やっぱり自分たちで宝箱を……」

ショーケースから視線を上げ、クラリスを経由し、ジャンクのように適当に積み重ねられている商品に目を向けると、そこには意外な物があった。

「クラリス！　これを見てくれ！」

思わず声のボリュームが上がってしまう。

「えっ⁉　これって⁉」

俺が手に取った物を見てクラリスも驚く。

「どうした？　必要なものであれば買うぞ？」

適当に剣や槍を物色していたアイクが声をかけてくれるが、この手の物は俺が買ってクラリスに贈りたい。

「ありがとうございます。でもこれは僕に買わせてください」

店主に銀貨一枚を渡し、クラリスのきめ細かく、シミ一つない、白い腕にそれを通すと、銀色の腕輪はクラリスの腕に合わせてピッタリのサイズに変化した。

「ありがとう。これも大事にするね！」

左腕に嵌《は》めた銀色の腕輪――偽装の腕輪に喜ぶ美少女の姿を見て満足した俺は、赤くなってしまっているであろう顔を隠すように店の外に出た。

「マルス、教えてくれ。二人がしているそのお揃《そろ》いの腕輪はどういう効果があるんだ？」

クラリスと店を出てきたアイクが、俺たち二人の腕輪を見ながら聞いてくる。

「これは偽装の腕輪といって、鑑定によって表示されるステータスと特殊能力を偽ったり、隠すことができるのです。これを装備すれば神聖魔法使いとバレるリスクが減るので、ぜひ欲しかったのですが、まさかジャンクで売っているとは……」

「それは自分をより強く見せることができるのか？」

「いいえ、これはあくまでも自分より低いステータスにしか偽装できません。アイク兄も欲しいですか？」

「いや、であれば俺は遠慮しておく。ステータスは自分自身が努力した証拠だからな。マルスやクラリスのように隠す理由があるのならばともかく、俺はこのままでいいよ」

　確かにアイクの考え方も一理あるよな。ステータスを隠すことによって生まれるトラブルもありそうだからな。

　買い物を終え、その足で冒険者ギルドを目指す。

冒険者ギルドに行く理由は迷宮《ダンジョン》にスムーズに入れるようにするため。イルグシア迷宮《ダンジョン》でもそうなのだが、迷宮《ダンジョン》の前にはギルド職員や冒険者が立ち、子供やペーパーが入らないように監視しているのだ。

　だからジークが一筆書き、ギルドマスターのラルフに許可をしてもらうように指示された。冒険者カードを見せれば済むことだと思うのだが、それでも挨拶をしておけというジークには何か考えがあるのかもしれない。

扉を開けると、中にはクエストの完了報告に並ぶ者や、魔石を納品するものたちの姿が飛び込んでくる。それと共に、ツーンと汗の臭いが鼻を刺す。このまま扉を開けておきたいくらいだ。

俺たち三人は例に漏れず列の最後尾に並ぶ。

「兄ちゃんらは、ペーパーか？」

俺たちの前に並んでいた男が振り向くと話しかけてきた。

「いえ、僕たち三人はE級冒険者です」

アイクが銅製の冒険者カードを示すと、

「じゅ、十一歳でE級冒険者!?　こりゃあたまげた。初めて聞いたな」

男はワコルと名乗り、俺たちと同じ銅製の冒険者カードを見せてくれた。

「はぁ。でも参っちゃうよな。こうも冒険者が減っちまうと」

少し薄くなっている髪の毛を掻きながらワコルがため息をつく。

「冒険者が減る？　そんなことないと思いますが？」

アイクがギルド内を見渡しながら答えると、ワコルがさらに髪の毛を掻く。おいおいそんなに掻いたらなくなっちゃうよ？　現に何本かの生命が失われポロポロと床に落ちている。

「まぁ徐々にだから気づかないのは仕方ねぇが、ジークさんとマリアさんがイルグシアに移っただろ？　二人を慕う者たちが移住しちまった。あの二人はある意味アルメリアの顔だったからな」

確かにイルグシアに居を構えたとき、予想外に人が移住してきてくれたと言っていたな。

「そして今回の件だ。見てみろ。このギルドの中を。十代の冒険者がめっきり減っちまった。若手がいないと活気がなくなるし、お使いクエストをやる奴が減ると困る人間が増えるんだ」

　この言葉にアイクがポンと手を叩く。

「僕もこの街に入ってから少し違和感があったのですが、それです！　確かに十代の若い冒険者が少ないですね！」

「だろ？　冒険者が流れると、女も流れる。移住先がイルグシアというのもあって、まだ親元にいるペーパーでも行ける距離だから、どんどん流出しちまってよぉ……街もどこか活気がなくなっちまった。ジークさんこっちに戻ってきてくんねぇかな」

「すみません。僕はマルスと申します。質問させていただいてもよろしいですか？　なんで十代の冒険者がイルグシアに流れるのですか？」

　興味本位で聞いてみると、予想だにしない答えが返ってきた。

「どうやら、えらい美少女が引っ越して来たって噂《うわさ》になってな。一度顔を見に行った若造が、帰ってくるなり荷物をまとめてイルグシアに行っちまって。それからだな。イルグシアに興味を持ち始めた若者たちがどんどん移住し始めたのは。まぁよ、美少女というのはきっかけに過ぎないってのは分かってんだ。Ｅ級冒険者はこの街よりもイルグシアの方が稼げるし、ペーパーに回ってくる仕事もいい条件だからな。それにこれから宿住まいじゃなく、住居も格安で提供してくるって話だ。たまにジークさんやマリアさんが冒険者に料理を振舞ったりしてくれるってものでかいよな」

　あぁ……クラリスか。クラリスが呼び水となってイルグシアに若い冒険者が流れているのか。

当の本人は自分のことと自覚していないようだが、確かに若い冒険者が増えたよな。

　渋い顔をしているワコルと話をしていると、突然後ろから肩を掴まれた。ドスの利いた声が耳元で響く。

「お前たちE級冒険者っていったよな？　なんだその剣は？　E級冒険者が持っていていい武器じゃねぇよな？　パクったかそれとも……まぁいい。こっちに渡しな。俺たちが後で持ち主に返してやるから」

　急になんだ？　反射的に鑑定をすると、俺の肩に手をかけてきた奴はD級冒険者クラスの実力。その目は俺のミスリル銀の剣を捉えている。どうやら同じパーティと思われる奴らも、アイクの装備やクラリスの装備に目を向けていた。

「おい！　お前ら！　やめろ……」

　ワコルがすぐ間に入ってくれるが、俺の肩に手を置いていた奴がワコルを突き飛ばす。周囲にいた冒険者たちも、俺たちの装備が明らかに豪華なことがおかしいと思っていたようで、突き飛ばした奴の側に立ち、ワコルのように俺たちを擁護してくれる者は少なかった。

「この装備は自分たちで迷宮《ダンジョン》の宝箱から入手したものです。変な言いがかりはやめてください！」

　まだ俺の肩の上にあった手を、アイクが払いのけながら強い口調で反論すると、

「はぁ⁉　んなわけねぇだろ⁉　穏便に済ませてやろうと思ったのに、人の好意を踏みにじりやがって！」

と金切声がギルド内に響き渡る。

「何をしている！」

　騒ぎを聞きつけたこの街のギルドマスター、ラルフが慌てて階段から降りてくると、男は先ほどまであれだけ高圧的に迫ってきていた冒険者と同一人物と思えぬような猫なで声で、ラルフに媚《こ》びる。

「ラルフさん！　聞いてくださいよぉ。こいつらが……」

　なんだこの豹変《ひょうへん》っぷりは？　さすがに気持ち悪いぞ？　アイクもその豹変ぶりにため息をつき呆れ、猫なで声に横やりを入れるようにラルフに話しかける。

「お久しぶりです。私は以前ラルフさんに冒険者登録していただいた、アイク・ブライアントです。父ジークよりこの迷宮《ダンジョン》の魔物の間引きを頼まれて参りました。これが父からの文です」

「おぉ。久しぶりだな。前よりも随分とたくましくなったな。もうジークなんて呼び捨てはできないからな。ブライアント子爵は元気かい？」

　アイクから手紙を受け取ったラルフが、俺たちの身分をしっかりと皆に証明するために、あえてブライアント子爵と呼ぶと、ワコルを始め、ギルド内がざわつく。

「はい。父も母もおかげさまで元気にしております」

「うむ。カーメル辺境伯からブライアント子爵に話を通したのは聞いている。まさか君たちが来るとは思わなかったが、今回もよろしく頼む。で？　お前らは何だって？」

　アイクがジークの息子と分かっても、振り上げた拳を下ろせない冒険者は、ラルフに話を振られてもアイクを睨み続けながらぶつぶつと不満を垂らしている。

「どうやら納得いってないようですね。明日から僕たちもアルメリア迷宮《ダンジョン》に潜るつもりです。迷宮《ダンジョン》内でまたこのようなことが起きてはたまりませんので、恨みっこなしで一度勝負してみませんか？　僕たちが負けたらマルスの剣をお渡しします。いいですか？」

　俺の肩にあった手を払いのけたときに相手の力量を察知したのであろうアイクが、冒険者に勝負を持ちかける。

「おおいいぜ！　今言ったことを忘れんなよ⁉　俺はD級冒険者だぜ⁉　ラルフさんも今こいつが言ったことをちゃんと聞いたよな⁉」

　ラルフが少し困った表情を見せながらアイクに目をやるが、アイクはそれに頷くだけだった。

「……分かった。では表で。しかし得物はこちらで指定させてもらう。いいな？」

　両者頷き、ラルフに連れられ、最低限のギルド職員を残し皆で表に出る。

「ねぇアイクさん大丈夫なの？」

「ああ。アイク兄であれば問題ない。本気出せばパーティ全員と戦っても勝てるだろう」

　ずっと不安そうな表情をしていたクラリスが、胸をなでおろす。

「お前も不運だな。勝手にお前の剣を賭けられて、数分後にはその剣を失うことになっちまうなんて」

　ギルドの裏手にある訓練場のようなところに着くと、冒険者がにやけながら挑発してくる。

「いえ、兄が負けることなんてありませんから」

「兄だと？　こいつの弟なのか？　お前もＥ級か？」

そうか、俺のことをまだ知らないのか。名乗るかどうか迷ったが、一応は目上の人だからな。

「はい。僕はマルス、マルス・ブライアントと申します。八歳です」

「はぁ⁉　八歳だと⁉　ラルフさん！　いくらジーク様の子供だからといって、八歳でＥ級はやりすぎですよ。ジーク様もジーク様だ。子供にこんな剣を持たせて。でも剣のことはあのお兄ちゃんが言い出したことだからね。俺を恨んじゃダメだからね」

俺だけではなくジークまで愚弄され腹が立つ。そんな俺の心情を察したのか、アイクが俺にチャンスをくれる。

「マルス。マルスがやりたければ譲るぞ？」

「はい！　やります！　やらせてください！」

二つ返事で答えると、バカにされたと思った冒険者が、激昂《げきこう》する。

「ふざけるなよ！　何度も言うが俺はＤ級冒険者だぞ！」

ラルフも心配そうに俺を見るが、まっすぐラルフを見て頷くと、大きく息を吐き、迷いを断ち切るかのように大きな声を上げる。

「分かった！　対戦相手はマルスで！　得物はその訓練用の剣だ！　刃を潰してあるから斬れはしないが、当たり所が悪ければ大怪我をするからな！　はじめ！」

合図と共に冒険者が俺を挑発するように舌を出し、笑いながら刃の潰れた剣を振り下ろす。

その舐《な》めた剣に対し、《風纏衣《シルフィード》》を展開し、こちらも刃の潰れた剣でアッパースイングをするようにカチあげる。イメージは剛の剣——キュルスの剣だ！

筋力、敏捷共に倍近い俺が《風纏衣《シルフィード》》を使って払いのけると、冒険者の剣は天高くふっ飛ぶ。

「次は本気でやります。あなたもD級冒険者の力を見せてください」

ジークを揶揄《やゆ》した罪はこんなもので済まさない。不敬罪に処したりもできるかもしれないが、それじゃあ俺の気は晴れない。

「くっ⁉　少し加減をしてやったら調子に乗りやがって！」

そうは言うものの、どうやら冒険者は今の一撃で手が痺《しび》れたらしく、落ちてきた剣を何度か拾いなおしていた。

それでもなんとか剣を握ると、獣のように吠《ほ》えながら斬りかかってくる。誰がどう見ても本気と分かるその攻撃を俺は待っていた。

持っていた訓練用の剣をその場に落とすと、未来視《ビジョン》を発現させる。余裕をもって振り下ろされる剣を躱すと、その剣の腹にギリギリ触れない程度に手を出し、魔法を唱えた。

（《ウィンドカッター》！）

《ウィンドカッター》は剣を真っ二つに斬る。

「————な、何が……起こった？」

恐らくここにいるほとんどの者たちは、俺が魔法を使ったということすら分からないだろう。

得体のしれない強さ。これを見せつけることによって圧倒的な力の差を認識させるために、全力での攻撃を待っていたのだ。

「まだやりますか？」

剣を斬ったことで、完全に心の折れた冒険者はその場にへなへなと座り込み、首を振る。

「もしもまだ納得がいかないという人がいれば、この機にどうですか？　当然お互い傷をつけない程度にお願いしたいのですが」

俺の言葉に手を挙げる者などいないと思ったが、思いもよらぬところから手が上がった。

「マルス君……いや、マルス様。一度俺と手合わせしてくれないか。当然勝てるとは思っていないが、冒険者として興味がある」

丁寧に声をかけてきたのは、さっき俺たちと話していたワコルだった。

「ええ、やりましょう。あと僕のことはマルスと呼んでください」

ワコルが手を挙げたのを機に、他の冒険者たちも手合わせを望み、どんどん手が上がる。

中には変則的な剣の使い手がいて、俺にもいい刺激となった。

アイクとクラリスも参加し、日が暮れるまでアルメリアの冒険者たちと剣を交えると、その後は酒場に行き、親睦会でさらに距離を縮めることができた。


――――翌日。


「さて、今日から迷宮探索《ダンジョンアタック》だ！」

宿の食堂で朝食を摂りながら、アイクが気合をいれるように声を張り上げる。

「アイク兄？　質問していいですか？　昨日親睦会中にやたらイルグシアの宣伝をしていた気が

するのですが、あれはお父様からの指示ですか？」

昨日の親睦会でやたらと、この武器はイルグシア迷宮《ダンジョン》で出たとか、イルグシアの大規模住宅はアルメリアの貴族しか住めないようなレンガ造りだとか、二言目にはイルグシアという言葉が出ていたからな。ジークがわざわざ手紙をラルフに渡すように指示をしたのも、昨日のような展開とならずとも、アイクに勧誘をさようとしていたのかもしれない。

そしてやはりアイクは俺の質問に苦笑いしながら頷く。

昨日アイクの話を熱心に聞き入っていた者たちはきっと、今日の朝イルグシアに発つだろう。これでまたアルメリアの冒険者が減ってしまうのだが仕方ない。

まぁ強くなったらここに戻ってくるはずだろうから、今を乗り越えれば、アルメリアにとってもそんなに悪い話ではないはずだ……あくまでも戻ってくればの話だが。

「でも昨日の親睦会で聞けた話も有用でしたよね。一層に罠《わな》が増えただなんて、知らないままでは危なかったですし。また二層の魔物まで一層に出るなんて……」

クラリスの言う通り、親睦会で罠が増えたこと、また強い魔物が一層にうろつくという情報を得た。強い魔物は二層へ降りる部屋付近にいることが多く、その部屋には冒険者は近づかないことが暗黙のルールになっているとのことで、ここ最近……いや、数年、二層へは誰も潜っていないとの話だ。

あと迷宮《ダンジョン》内で火魔法を使っても大丈夫ということを教えてもらったのも大きい。

どのくらいの規模の魔法かにもよるだろうが、少なくともアイクの火魔法が制限されるということはないっぽい。

イルグシア迷宮《ダンジョン》に潜っている時から、迷宮《ダンジョン》で火魔法を使っていいのか疑問だっただけに、これは嬉しい。まぁ最初のころは、魔石を取り出すのに倒した魔物を燃やしていたんだけどね。

今度試しに《ファイアストーム》を使ってみようかなと思う。

他にもこのバルクス王国の情勢とかも教えてもらったが、今必要なことではない。

まぁ親睦会で一番良かったのは迷宮《ダンジョン》で背後の心配をあまりしなくてもいいということかもしれない。迷宮《ダンジョン》で冒険者同士のいざこざはよくあることらしいからな。

昨日の話を元に迷宮《ダンジョン》での役割分担も今決めた。

俺は斥候役。迷宮《ダンジョン》の罠を天眼で見つけながら進むことになったのだが、果たして天眼で罠を見抜けるのか？　という疑問も残る。宝箱の罠は見抜くことができるから、可能だとは思うのだが少し不安だ。

食事を終え、身支度をしてからアルメリア迷宮《ダンジョン》に向かう。

迷宮《ダンジョン》の前にはギルド職員と昨日親睦会で仲良くなった冒険者の姿が。

一言二言会話を交わし、冒険者カードを提示することなく迷宮《ダンジョン》の中に潜る。

アルメリアの迷宮《ダンジョン》は通路、部屋共に広く、最初の部屋に着くと冒険者パーティが戦っていた。

部屋の入り口で冒険者パーティの戦いを見守る。

六人で構成されたパーティが敵にしていたのは、シルバーバットという鳥型の魔物三匹。脅威度Dだった。

すでに何体か倒しているらしく、シルバーバットの死体が数体転がっていたが、六人もかなりの怪我を負っており、立っているのがやっとというメンバーもいた。

「ちっ、今日も最初の部屋で撤退か……残り三匹だ！　頑張るぞ！」

リーダーらしき男が発破をかけてパーティを鼓舞する。

十分くらいかけてシルバーバットを倒すと、ふらふらになりながらもシルバーバットから魔石を取り出す。

魔石の回収をし、肩を貸しあいながら出口のある俺たちの方に向かってきたところで、パーティは俺たちに気が付いて話しかけてきた。

「もしかして、お前たちが昨日、アルメリアの冒険者たちに勝った子供たちか？」

「皆さんが僕たちに花を持たせてくれただけですよ」

「まぁ噂通りだな。頑張ってくれよ。この通り魔物が多くなって、なかなか一層の深部まで辿着けない。二層の魔物も出るから気を付けてくれ。あとは頼んだぞ」

パーティは俺たちの脇を通り抜けてよろよろと出口の方へ向かっていくが、その姿を見かねたクラリスが回復薬《ポーション》を渡すと、何度も頭を下げて礼をしていた。

クラリスにしてみれば、すぐにでも《ヒール》を唱えて治してやりたいのだろうが、神聖魔法が使えるとバレれば、アルメリアにもいられなく可能性があるからな。せめて回復薬《ポーション》だけでもといったところだろう。

「マルス、今の魔物はどのくらいの強さだ？」

「脅威度D。ゴブリンジェネラルクラスですが、ステータスはゴブリンジェネラルよりも低いです。その分空を飛んでいるので厄介な魔物だと思いますが、クラリスの魔法の弓矢《マジックアロー》であれば、問題ないかと思います」

俺の答えに満足そうにアイクが頷き、注意を呼び掛ける。

「イルグシアで言えばこの強さは三層レベルかもしれないな。マルスにとっては楽勝かもしれないが、気を抜くなよ」

部屋を抜け、大きな通路を歩いていると、三匹のシルバーバットに遭遇した。

それをクラリスが魔法の弓矢《マジックアロー》で射ち落とす。飛んでいればこそ厄介だが、翼をもがれれば、やかましく吠えるただの鳥。落ちてさえしまえば、そこらの子供でも倒すことができる。

さっきの冒険者たちが苦戦していたのは、襲ってきたところを迎え撃つという戦い方でしかダメージを与えることができなかったからだ。パーティ内に魔法使いや弓使いがいないのはかなり辛いだろう。だったら仲間に入れればいいじゃんと思うかもしれないが、魔法を使える者は限られているし、矢は思った以上に高価でそう簡単には手に入らない。

危なげなくシルバーバットを全滅させたところであることに気づく。魔石の回収どうしよう……俺たちは魔物を片っ端から倒す予定なのだ。魔石の回収なんてやっている暇はない。

とりあえず今日のところは都度魔石を回収し、持てなくなったら適当な部屋に置いて、帰るときにまとめて持っていくことにした。

次の部屋が見えると同時に、天眼が罠を映す。巧妙に隠されている危険な罠の数々に、このアルメリア迷宮《ダンジョン》の難易度の高さが窺えた。

罠は毒霧。本当は、一度踏めば罠がなくなるかどうか、効果の範囲はどのくらいか、踏んですぐに走れば逃げきれるかなど確認したかったが、さすがに怖い。二人に告げて罠を回避しながら進んでいく。

行く先々で冒険者たちと出くわすが、彼らは何パーティか一緒に通路で腰を落とし休んでいることが多い。単純に休憩を取ったり、傷が癒えるのを待っていたり。

通路は部屋より魔物の出現数が少ない。そのため通路で休んでいるのだ。

通路で一緒に休んで、たまに出てくる魔物を共に倒したりしているのであれば、部屋の中にもみんなで入って戦えばいいのに思ったが、部屋に宝箱がポップした場合、冒険者同士で争うことが多々あったため、そうしないのがマナーとして定着しているのだという。

まぁ確かにそうなったら争うよな。パーティ内でも争うかもしれないのに。

重傷者を見かけると、クラリスが回復薬《ポーション》を渡す。

最初に会ったパーティこそクラリスの独断で回復薬《ポーション》を渡していたが、それを見ていたアイクが、クラリスから傷を負っている冒険者たちに渡すようにと指示をしていた。

まぁ看板娘だからな。冒険者たちも美少女から貰った方が気分良いだろうね。これでクラリスが普段イルグシアにいると言えば、興味をもった者がイルグシアに来るかもしれないし、何年か後にでも来る可能性はある。

そんなことをしながら順調に探索を続けていると、進むにつれて冒険者の姿が見えなくなってきた。やはり一戦一戦休憩しながら深部へ潜るのは時間がかかり、かなり辛いのだろう。

神聖魔法の偉大さが分かると共に、力づくでも神聖魔法使いを攫おうとする輩の考えも絶対に認めはしないが、理解はできた。

「おい……お前らまさか無傷でここまで来たのか？」

信じられないという顔で話しかけてきたのは、昨日俺たちに絡んできた冒険者たち。ここに来るまでに見たどの冒険者たちよりも深手を負っており、ＨＰが一桁ですぐに手当てしないと死んでしまうような者もいる。

「大丈夫ですか⁉」

冒険者の質問に答えずアイクが駆け寄ると、冒険者が苦虫を噛《か》み潰したよう顔をしながら何か言おうとしたが、その前にクラリスが冒険者たちに回復薬《ポーション》を配る。

「早くこれを使ってください！」

冒険者はクラリスの行動にあっけに取られている。

「早く！　大切な仲間を助けてあげてください！　早く！」

クラリスの叫びに、我に返った冒険者が、

「すまない……すまない」

と何度も謝りながらクラリスから回復薬《ポーション》を受け取る。

「マルス、俺たちももうそろそろ帰るか。どうです？　一緒に帰りませんか？」

「い、いいのか?」

「ええ、昨日のことはもう詫《わ》びてもらいましたので」

一番傷の深い重傷者をアイクが担ぐと、さらに冒険者が驚きの声をあげる。

「お、おい……血が……血がつくぞ?」

「当然でしょう?　怪我をしているのだから。それよりあなたも話せる余裕があるのであれば、誰かに肩を貸してあげてください。マルス、クラリス、魔物は任せてもいいいか?」

「「はい!」」

俺とクラリスを先頭に、今来た道を戻る。

「まさか、このまま魔物がうろつく部屋に突入しようとしていないよな?　申し訳ないが俺たちはまだ戦力になれない。あと数時間経てば少しは動けるようになるからそれまでは……」

殊勝な態度で話しかけてくるが、アイクはさも当然といった様子で冒険者の問いに答える。

「ええ。このまま突入します。戦闘に関してはマルスとクラリスの二人に任せておけば大丈夫です」

アイクの絶対の自信に冒険者は何も言うことなく、負傷しているメンバーに肩を貸しながら、俺たちと一緒に魔物が待ち構える部屋に入る。

クラリスが飛び回る敵を撃ち落とし、その他の魔物は俺が倒す。冒険者が一緒じゃなければ、多少ダメージを受けても《ヒール》で回復していたのだが、さすがに冒険者の前で《ヒール》を使うのは気が引けてしまう。なので《ウィンドカッター》で接近される前に倒していると、冒険者が足を止め、目をぱちくりさせる。

「な、なんだこれ!?　悪い夢でも見ているのか!?」

「ね？　言ったでしょう？　魔物はマルスとクラリスに任せて急ぎましょう」

　外に出て、彼らの泊まる宿まで怪我人を運び終えたときには日が暮れていた。

「本当に何から何まですまない。俺は【黄刃】のリーダー、デービスだ。少ないが礼だ。改めて昨日の非礼は申し訳なかった」

　頭を下げたデービスがアイクの手に金貨を握らせ、宿の中に入っていった。


「さて魔石の件をどうするか？」

　宿の食堂で食事を摂りながら、アイクが相談してくる。結局今日は魔石を置いたまま戻ってきてしまった。まぁ【黄刃】の件があったから仕方ないのだが。

「アイクさんとマルスに戦ってもらって私が持ちましょうか？」

　少しの間が空いて、クラリスが答える。

「ダメだよ。クラリスが持つくらいであれば俺が持つよ。持ちながらでも《ウィンドカッター》で魔物を倒せるから」

「そうだな。それにクラリスの魔法の弓矢《マジックアロー》での援護がなくなるのも戦術的に大きなマイナスだ。あとクラリス、もうそろそろ俺のことをアイク、もしくは兄と呼んでくれてもいいのだぞ？」

　ここでもブライアント家の外堀埋める作戦が実行される。

「――――えっ⁉　あっ……はい……ではお義兄さんと……」

不意を突かれたクラリスの表情は紅潮し、恥ずかしさのあまり目にはうっすら涙を浮かべている。

結局俺たちだけで話し合っても結論が出なかったので、翌日イルグシアに戻り、ジークに相談することになった。

第11話　新たな力

一夜明け、イルグシアに戻りジークにアルメリアの魔石のことを相談すると、やはり魔石は絶対に換金するとのこと。

ブライアント家は明らかに子爵家の中ではお金を持っている方だろう。それでもこれからアイク、俺、クラリス、リーナの学費がかさむ。

特に上三人は他国にまで行って生活をするのだ。ジークの気持ちも分かる。

「以前から考えていたのだが、奴隷を買おうと思う」

ジークの言葉に思わず俺とクラリスが顔を見合わせる。

こっちの人にとっては当然なのだろうけど、俺らからすると多少の抵抗はある。それに俺たちも奴隷にされそうだったからな。クラリスの心のケアはしっかりとするつもりだ。

その奴隷はどこか買うのかというと、なんとアルメリアにかなりでかい奴隷商があるとのこと。

早速、ジークと俺たち三人でアルメリアに戻り奴隷屋に向かう。

奴隷屋は街の北東にあり、俺が一度も行ったことのないエリアにあった。

店に入ると店主が手を揉《も》みながらジークに向かって営業をしてくる。

「旦那。どういうのをお探しですか？　最近入ってきたイキのいい奴が揃ってますよ」

「ああ、それについては息子が答える。アイク、希望を言いなさい」

ジークに促され、用意していた言葉を並べる。

「僕たちはポーター《荷物持ち》を探しております。なので筋力と敏捷が高い人を探しています」

「残念ですが、ご希望の条件の人間はおりません」

申し訳なさそうに店主が答えると、ジークが口を挟む。

「だったら人間以外はいるということか？」

「はい、獣人であればその条件に合うものは沢山おります。ただご存じかもしれませんが獣人は自分よりも弱いものを主人となかなか認めませんので……ここにいる奴隷は犯罪奴隷ではないので、奴隷側にも選ぶ権利が……」

「分かった。そういうことであれば問題ない。適当に見せてもらってもいいか？」

渋々店主が頷き、店の奥に向かう。

まず向かった先にはコンテナハウスのような部屋が十部屋。こちらから視線を通せるように、部屋の何箇所かは小さくくりぬかれ、そこから部屋の中を覗けるようになっている。その中に普通に人間が暮らしていた。部屋の中はとても清潔にされており、普通のアパートとして生活するに十分な環境だ。

奴隷の部屋は四人一部屋となっており、男女それぞれ分かれている。十部屋中七部屋使われ、合計二十八人。

部屋の壁をくりぬいているだけなので、当然奴隷側からも俺たちのことが見える。俺たちが奴隷たちを見るように、奴隷たちも俺たちのことを値踏みするような目で見ていた。

奴隷の顔色、部屋の清潔さから、店主が奴隷を大事に扱っているのが見てとれ、かなりの好感がもてる。奴隷ってもっと劣悪な環境に置かれ、奴隷商でも蔑ろにされているのかと思っていたが、それは俺の偏見だったようだ。

「マルス、良さそうなのはいたか？」

「いいえ、条件に合う者はおりません」

ジークの問いに答えると、ジークが店主にお願いをする。

「人間以外も見せてくれ。ここには冒険者について来られるような人間はいないらしいからな」

「……分かりました。ですが先に申しておきます。まず人間の冒険者の奴隷がいない理由は、この街の冒険者にもう買われてしまっているからです。そして獣人の奴隷が売れ残っている理由は、この街の冒険者よりも彼らの方が強く、弱い主人には絶対に仕えないというプライドがあるためです」

うーん……なんか納得いかないから、俺は店主に質問してみた。

「なぜそのような獣人の奴隷を店主は仕入れたのですか？　この街の冒険者のレベルは店主も分かっていますよね？　奴隷を養い続けるのも安くはないでしょうし」

「それは魔物たちの行進《スタンピード》や迷宮飽和に備えるためです。魔物たちの行進《スタンピード》が起きた場合のみ私は彼らを強制的に戦わせることができます。これは彼らとそういう契約を結んでいるので反故《ほご》にはされません。カーメル辺境伯には、この街を守るためにも優秀な獣人を必ず用意しておくように言われておりまして……」

要は緊急時のためだけにここに置いているということか。さらに店主が続ける。

「昔はここにもB級冒険者がおりましたから、彼らも主人として認めるものがいたので売れたのですが……現在は有望な新人はイルグシアに、B級冒険者やBランクパーティは他の街や戦場に行ってしまって……」

ここにもイルグシアの影響が出ているのか。

将来的にはアルメリアをイルグシアが吸収するのではないだろうか。

「事情を教えていただき、ありがとうございます。見せてください。交渉は僕たちがしますので」

店主は頷きさらに店の奥に案内してくれた。

先ほどの人間の奴隷の部屋と同じ間取りだが、一部屋に二人となっており、人間たちよりも部屋を広く使っている。

犬、猫、狼《おおかみ》、熊……様々な獣人がおり、年齢は下が六歳から上は三十前後まで。

男の獣人たちは俺たちのことを見ると牙や鋭い目を見せて威嚇し、女の獣人たちは汚物を見るような目で蔑んでくる。どちらも絶対にお前を認めないと言わんばかりだ。

そして一番奥の部屋は二つ分の部屋を二人で使う獣人……と動物がいた。

その部屋だけ特注で部屋の大きさもそうだが、内装も他の部屋とは見違えるくらい豪華だった。

「なんでこの部屋だけ特別なんだ？」

ジークの言葉に店主があたふたしながら答える。

「この部屋の大人の方は元リスター連合国の十二公爵が一つ、セレアンス公爵なのです。ご存じの通り、リスター連合国は十二公爵の円卓議会で成り立っておりますが、獣人代表のセレアンス公爵はクーデターを起こされて追放されてしまったのです。それをカーメル辺境伯が法外な値段で引き取りまして……」

「なんでカーメル辺境伯が法外な値段で買い取った奴隷がここにいるのだ？　そこまでの値段で買い取ったのであれば、カーメル辺境伯の近くに置いておくのが普通であろう？」

　ジークの疑問はもっともだ。別に奴隷としてではなく叙爵して配下に……えっ？　もしかして？　ここでも力？

「それが、セレアンス公爵は自分よりも弱いカーメル辺境伯の配下にはならないと仰りまして……」

　そこまで力に拘《こだわ》るのか。特注部屋の中を覗くと、そこには身長が二メートルを超え、逞しい筋肉を見せつけるかのように上半身裸の金獅子の男と、可愛い赤いリボンをしたライオンがいた。

　他の奴隷と同じく男とライオンを鑑定しようとした時だった。

　分厚い部屋の壁をぶち破ると同時に、金獅子の男が外に出てきたのは。

「————なっ⁉」

　驚く暇なく、物凄い殺気を纏《まと》って金獅子の男が襲い掛かってくる。そのスピードは目で追うのがやっとのレベル。

《風纏衣《シルフィード》》を展開し、未来視《ビジョン》で攻撃予測をしながら、男の殺気で硬直してしまっているジーク、アイク、クラリス、店主を《ウィンド》で後ろに吹っ飛ばし、《ウィンドインパルス》で男を前方に吹っ飛ばそうとした。

　しかし金獅子の男は《ウィンドインパルス》を全く苦にすることなく、俺の目の前まで来て攻撃態勢をとる。

　実力差がありすぎるのか、俺がどんな行動を取ろうとも、男の拳が俺の顔面を捉える未来しか見えない。。

　どうにかその衝撃を和らげようと《風纏衣《シルフィード》》にすべての魔力を込め、防御態勢を取る。

「《結界《バリア》》！」

　金獅子の男の右手が俺の顔の目の前に迫ろうとしたとき、クラリスの声が室内に響く。

《ウィンド》で吹っ飛ばされながらクラリスだけは殺気から解放され、俺の目の前に《結界《バリア》》を張ってくれたのだ。

　ガラスが割れた音と共に、金獅子の男の右腕が吹っ飛ばされると、金獅子の男は目を見開き、右手と俺を往復したが、すぐに左手で俺の頭を狙ってくる。

「うぉぉぉおおお！！！！！」

　叫びながら両手で男の左手をガードしようとするも、未来視《ビジョン》は金獅子の男の左手が俺の顔面に届くのを視せる。こんなところで諦めるわけにはいかない！　ここで死んだらクフリスも危ない！

――――瞬間。金色に具現化された眩《まばゆ》い魔力が俺を覆う。《風纏衣《シルフィード》》とは比較にならないほど

の魔力量。その魔力が迫りくる左手に向け放たれると、一瞬部屋を金色に照らしたかと思えば、轟音《ごうおん》と共に建物を揺るがす。

その轟音は、他の部屋にいた一部の獣人を気絶させるほどだった。

な、なんだこれは？　目の前にある巨大な拳は黒く焦げ、その主である金獅子の男が俺を見下ろす。

「お前、何をした？」

金獅子の男が口を開くと、視界に映る奴隷の獣人たちが驚く。その表情と言葉には殺気は含まれていなかった。

「わ、分かりません」

金獅子の男は訝《いぶか》しげな表情を見せるも、さらに一言。

「まだやるか？」

「い、いえ僕はもともと争うつもりはありませんので……ただ話をさせていただいてもよろしいでしょうか？」

「……構わん」

「なぜ急に襲ってきたのですか？」

俺の質問にギロリと俺を睨みながら答える。

「お前、俺を見定めようとしただろう？　ちょっと脅かしてやろうと思ったのだがな」

そういえばサーシャに鑑定はむやみやたらと使うなって言われていたな。俺もそれを聞いてから気を付けてはいたのだが、まさか奴隷相手に適応されるなんて予想外だった。

「申し訳ございませんでした」

頭を下げ、改めてお願いをする。

「僕はマルス・ブライアントと申します。よろしければお名前を伺ってもよろしいでしょうか？」

「バーンズ。バーンズ・レオ」

「バーンズ様、改めて鑑定してもよろしいでしょうか？」

「……構わん」

「ありがとうございます。それでは早速……」

【名前】バーンズ・レオ
【称号】獣王
【身分】獣人族・奴隷
【状態】感電（弱）
【年齢】二十九歳
【レベル】72
【ＨＰ】３２０／４２０
【ＭＰ】20／20

【筋力】３０６
【敏捷】２５０
【魔力】５
【器用】45
【耐久】２７８
【運】１
【特殊能力】体術　Ａ（Ｌｖ17／19）

規格外すぎる……あれで思いっきり手加減されていたのか……獣王という称号も頷ける。

しかし一番気になるのは、状態が感電（弱）となっている。ってことはもしかしたら……。

「鑑定させていただきました。手加減していただきありがとうございます」

俺はなぜか手加減してもらったことにお礼を言っていた。今さらになって圧倒的な力の差にビビってしまったのだ。

「うむ。構わん」

「俺からも質問だ。お前は何者だ？　さっき俺の右手を弾いたのはなんだ？　あと俺の左手はどうなった？　感覚がないのだが？」

俺はこの質問にどこまで答えていいか分からず、まだ固まっているジークの方を見る。

するとジークは我に返ったように頷く。ある程度は話していいということか。

「僕はＥ級冒険者です。バーンズ様の右手を弾いたのはあちらの女の子です。バーンズ様の左手をそうしてしまったのは僕だと思いますが、必死だったのでよく分かりません。お手を拝見してもよろしいでしょうか？」

　バーンズはクラリスの方を見ながら焦げた左手を俺に差し出す。その巨大な手に触れると、魔力を帯びた金色のそれがバーンズから俺に伝わる。

「左手の感覚は戻りましたか？」

「ああ」

　左手の感覚を取り戻すように、バーンズがグーパーしているのを横目に、自身を鑑定する。

【名前】マルス・ブライアント
【称号】雷神／風王／ゴブリンスレイヤー
【身分】人族・ブライアント子爵家次男
【状態】良好
【年齢】八歳
【レベル】21
【ＨＰ】１３０／１３０
【ＭＰ】７３９５／７９９９
【筋力】84

【敏捷】90
【魔力】133（+1）
【器用】115
【耐久】81
【運】30
【固有能力】天賦（LvMAX）
【固有能力】天眼（Lv8）
【固有能力】雷魔法　S（Lv1／20）（0↓1）
【特殊能力】剣術　B（Lv7／17）
【特殊能力】火魔法　F（Lv6／8）
【特殊能力】水魔法　G（Lv3／5）
【特殊能力】土魔法　G（Lv4／5）
【特殊能力】風魔法　A（Lv14／19）
【特殊能力】神聖魔法　C（Lv6／15）
【装備】ミスリル銀の剣
【装備】風の短剣《シルフダガー》
【装備】偽装の腕輪

やはり雷魔法だ！　《ウィンドインパルス》でびくともしない相手にダメージと感電を与えることができた。それに称号が雷神って……雷魔法まだレベル1なのに……あ、雷魔法使えるのはこの世界で俺だけだから雷神になったのか。ん？　ではなぜクラリスに結界魔法の称号がつかないんだ？　あれもクラリスだけにしか使えない魔法のはずだが……まぁ考えても仕方ない。ここはまず雷神のことだ。

【雷神】この世界で雷魔法の頂点に立ったものに与えられる称号。雷魔法の威力大幅ＵＰ。魔法発現時間短縮

凄い。厨二っぽいが雷神ってカッコいい。でも雷帝ってのも捨てがたいよな……。

「もう用はないな？」

鑑定結果に浸っている俺をバーンズが現実に引き戻す。

「え？　あ……僕たちは奴隷を探しているのですが……」

「俺は自分よりも弱い奴の下にはつかない」

「そう……ですか……」

「だが、お前の実力であれば、俺以外の奴らであれば納得するかもしれんな。俺たちだって意地を張って誰にも仕えないわけではない」

バーンズが興奮している獣人たちを見ながら話す。

何をそんなに興奮しているのかと聞き耳を立てると、今の俺の魔法のこともそうだが、一番はバーンズが人間と会話を交わしていることに関してだった。

どうしてそんなことで盛り上がるのか疑問に思っていると、殺気から解放された店主が説明してくれる。

「セレアンス卿がこのアルメリアに来てから人族と話をしたのは、私を除けばマルス様だけです。話をするのもある程度認めたものとしかしませんから」

ということは、少しは認められたということか。

「では皆さんを見定めてもよろしいでしょうか？」

獣人の奴隷たちに聞くと、奴隷たちは頷く。その目は先ほどまで俺たちに向けられていたものではなく、何かを期待する目だった。

全員を鑑定しようとしたところでバーンズが釘をさす。

「一番奥の女は禁止だ。あとは本人たちに聞け」

バーンズと一緒にいた女の子だけは鑑定してはダメなようだ。女というよりかはライオンに見えるが……。

「分かりました。それでは奥の女性以外を見させていただきます」

獣人たちのステータスは、主に筋力と敏捷が高く、魔力は最低レベル。

ようやく殺気の呪縛から完全に解けたであろうジークに獣人たちのステータスを伝えると、ジークが店主に質問する。

「この者たちの値段を聞きたい。もちろんバーンズ卿と奥の女性以外で」

「獣人たちの値段は人間たちとほぼ変わりません。一人金貨十枚前後といったところです」

奴隷オークションの者たちよりかは安いな。確かオークションでは金貨二十枚から三十枚くらいだった気がする。一人値段がつかなかった奴もいるが。

「ただし、隷属を結んだあとの待遇はそれぞれ奴隷と交渉していただくことになります」

ふむ。つまり奴隷に給料、もしくはそれに準ずるものを与えないといけないということか。

「またこれも知っているとは思いますが、奴隷との性行為は合意がない限りは原則禁止となっております。約束を守る者は少ないかもしれませんが、売買する際に必ずその確認はさせていただきますので」

うん！　これはナイスだ！　どうしても奴隷という言葉に抵抗を感じてしまうのは、この点が気になっていたからだ。

「お父様、何人くらい購入するつもりですか？」

アイクも殺気から解放されて、ジークの隣にきて尋ねた。

「うむ。金貨十枚でいいのであれば……三人くらいがいいかと思うのだがどうだ？」

「そうですね、アルメリア迷宮《ダンジョン》から魔石を持ち帰るだけかもしれませんが、帰るときに魔物と遭遇するかもしれませんしね。僕たちの予定では一層の敵をある程度殲滅してから二層に潜る予定ですので、安全に往復するためにも三人が良いかもしれませんね」

ジークが三人買いたいというと、店主がお勧めの獣人を紹介してくれる。

「ではこちらの三兄弟はどうでしょうか？　狼族で、できれば同じ方に買っていただけると私としても安心できるのですが……」
紹介された三人は十六歳だった。三つ子かな？　能力的には他の獣人とそこまで大差はない。

【名前】ガイ・ジェット
【称号】―
【身分】獣人族・奴隷
【状態】良好
【年齢】十六歳
【レベル】24
【ＨＰ】158／158
【ＭＰ】5／5
【筋力】70
【敏捷】52
【魔力】1
【器用】12
【耐久】56
【運】1

【特殊能力】 体術　Ｃ（Ｌｖ８／15）

ガイはＣ級冒険者下位からＤ級冒険者上位くらい。次男のマック、三男のオルも同じようなステータスだ。

鑑定を終えると、店主が三人を部屋から出して挨拶させる。

「俺は黒狼族の長男のガイだ」「次男のマックだ」「三男のオルだ」

三人とも毛の色は青黒色で尻尾の先端の色が白。長男のガイは髭《ひげ》が似合っている。次男のマックは右目が隻眼だ。三男のオルは巨漢。

三人を見た瞬間、ある名前が思い浮かぶ。今日から彼らは【黒い三狼星】だ！

ジークが【黒い三狼星】に隷属の条件を聞くと、長男のガイが答える。

「衣食住を約束してくれ。住む場所は俺たち三人が一緒に住める場所の用意。また食事は毎食たらふく食べさせてくれればいい。別に高いものを用意しろとは言わないが、必ず肉は用意すること。これを約束してくれれば給金は特にいらない」

これは……もしかしてかなり高いのか？　住む場所が一番問題な気がするが……

「うーむ……では私からも何点か条件を出そう。君たちの条件はすべて飲む。その上でこれから私たちは君たちとアイクたちの住む家を用意しようと思う。ただし君たちと隷属関係を結ぶのはブライアント家当主の私だ。だから私の命令に従ってもらう。よろしいか？」

そうか獣人たちは俺のことは認めてくれたが、ジークのことは認めていないんだった。

「いいだろう。どうせお前は迷宮《ダンジョン》に潜らないのであろう？」

「ああ。私はこれでもイルグシアを任されている貴族だからな。ここに長居することはできない。しかし何かあればここに赴くこともあるだろう。その時も必ず私に従うこと。いいな？」

【黒い三狼星】が頷くが、その言葉に店主が質問してくる。

「先ほどから少し気になっていたのですが、お客様は【茶色の盾《ブラウンズシールド》】のジークさんですか？　我らがマリア様の旦那様の……」

「我らがマリアって……おい……まぁそうだが」

「そうですか！　それでは今度マリア様と一緒に来ていただければ大サービスをさせていただきますよ！　今もさぞや美しいのでしょう！」

やっぱ美人って得だよな。

ただ自分のかあちゃんの容姿を褒められるのってなんかくすぐったい。嬉しいんだけどね。

「分かった。明日にでもマリアと一緒に来よう。では彼らを買うのは明日でもよいか？　またその時に一人、使用人の人間を買おうと思う。それでいいか？」

店主は嬉しさを隠すことなく、唾を飛ばしながら喜ぶ。

「是非！　では明日お待ちしております。今から髪の毛を切りに行って……」

最後の方は興奮しすぎていてもう聞き取れなかった。

会話の途中からバーンズは部屋に戻っており、

「ヘリク！　早くこの部屋を直す手配をしろ！」

と怒っていた。いやー誰が壊したんだよ……とは絶対に言えない……それに俺の雷魔法のせいで他の奴隷たちの部屋にもかなりの被害が出ている。

「ではまた明日来るからよろしく頼む」

奴隷商を後にすると疲れがどっと出た。

第12話　奴隷

「さて、次はお前たちの住むところを用意しなければな」

奴隷商を後にした俺たちはジークの後ろに付いて歩く。

「家を購入するのですか？　それとも借りるのですか？」

「正直迷っている。宿で済ませる予定だったのだが。あの獣人たちの要求を呑むのであれば宿ではお金が掛かりすぎてしまう」

ジークも迷っているようだ。

「ここに屋敷を持つと、【黒い三狼星】がイルグシアに来るのを渋る気がしませんか？　ゆくゆくは【蒼の牙《ブルーファング》】、【赤き翼《レッドウイング》】と共にイルグシアの治安を守ってもらうというのがいいと思うのですが……」

【黒い三狼星】という言葉にクラリスが「ぶっ」と吹き出す。クラリスも昔のアニメ詳しいのかな？　俺も小さい頃よく見ていたから、話題があえば嬉しいが。

「うむ！　確かにマルスの言うことも一理あるな！　では黒い……？　三狼星？　たちの今後を考え、家は借りることにしよう！　もしかしたら借りた方が、宿を六人分取るより安いかもしれないしな」

俺たちはすぐにイルグシアに帰って、マリアとリーナを連れてまたアルメリアに戻ってきた。

さすがにもう夕方になってしまったので、宿を取りみんなで外食をすることにした。

俺らは三か月先の宿代を払っていたが、あと一週間しか滞在しないから返金を求めるとあっさりとお金を返してくれた。もう貰ったものは返せないと言われ一悶着あるかと思ったが、杞憂《きゆう》に終わった。

翌日、不動産屋に行き、賃貸の家を案内してもらい、あっさり決めた。迷宮《ダンジョン》から少し遠くてアルメリアの西側にある住宅街の大きな屋敷だ。昔、アルメリアに住んでいた家の近くで、地理に明るいからここにしたのだ。

その屋敷は少し古いが、８ＬＤＫで風呂が付いている。間取りはというと、一階に三つの部屋とリビング、ダイニング、風呂があり、二階に五つの部屋。庭も広い。値段はというと月に金貨五枚だ。

金貨五枚というと日本円にして五十万。高いと思うかもしれないが、宿に泊まるとなると最低でも一人銀貨一枚。【黒い三狼星】の他にも一人雇うとなると銀貨七枚。一か月で金貨二十一枚、つまり日本円で二百十万だ。かなりの節約になるだろう。

「かなりいい物件に出会えたな。それにこの物件は後で買い取れるオプションもあるらしい」

昨日買わないで借りると言ったはずなのに……まぁそれほどお得だということだ。それにここを買ったからといって、【黒い三狼星】がイルグシアに来ないとは限らない。

家の件も片付き、俺たちは奴隷商に向かった。

　奴隷商の店の中に入ると、店の中は客でごった返している。これは出直さなきゃなとジークとマリアが話していると、バッチリと七三分け、髭をカールさせた男が、揉み手をしながらやってきた。男の目は嬉々《きき》としている。

「えっ？　店主のヘリクさんか？」

　ジークが間抜け顔をして七三分けに言う。ヘリクなわけがない。ヘリクは昨日まで髭がなかったのだから……鑑定したらヘリクだった。ヘリクの目はマリアにずっと釘付け……いやもう刺さっている。

　予めジークに事情を聞いていたマリアは、ヘリクに対して愛想笑いをする。

　すると、ヘリクだけではなく周りの客たちまで「うぉぉぉおお！！！」という声を発した。え？　もしかして？　ここにいる奴らはみんな？　ヘリクはマリアの前に来ると、姿勢を正して自己紹介をする。

「初めまして！　私はこの店の店主ヘリク・ダールです！　年は二十九歳！　好きなタイプは二十八歳の茶髪美女です！　私はバツイチとか全く気にしません！　もし何かその件でありましたら是非！！！」

　ヘリクがいきなりマリアに告白をしてきた。マリアもこんな展開は予想してなかったらしく
「は、初め……まして。マリア・ブライアントです。好きなタイプは……ありませんが、主人と一生添い遂げたいと思っております」

　顔を少し赤らめながら、マリアがジークとヘリクを交互に視線を配った。

おい、なに人前で見せつけとんねん、と突っ込みたくなるくらいだったが、それを聞いていたクラリスがマリア以上に顔を赤らめて「素敵」と呟き、リーナも嬉しそうだ。逆にアイクは俺と一緒で恥ずかしいのか俯いている。

　マリアの言葉を聞いたヘリクは別にへこたれた様子はない。

「分かっております。ただもしものことがあったら私を最初に思い出していただければと思っております。それでは商談の話に参りましょうか」

　本人を目の前にして我らがなんて……ジークが咳払《せきばら》いをする。

「この前の獣人三人の他に家事ができる人間を二人雇いたい。いいか？」

「はい。分かりました。では店の奥へどうぞ」

　ジークの確認に対してヘリクはそう答えながら、ベストポジションを確保しようと必死になっているが、ジークとアイクがしっかりマリアの両脇にポジショニングしている。リーナは俺とクラリスに手をつながれてマリアの真後ろに張り付き、完全にマリアを包囲した。

　客も皆マリアをずっと見ている。ジークは凄い人気者を自摸《ツモ》ったんだなぁと思いジークを見ると、どこか困惑しつつも誇らしげだ。

　奥に通されるとマリアとクラリスが奴隷を選び始めた。今回はクラリス主体でマリアと一緒に選ぶということに決めたのだ。

　理由は簡単。洗濯する際にクラリスの下着も洗ってもらうので、ここはクラリスに任せようと俺が言い張ったのだ。だって他の男にクラリスの下着を見せたくないし、ましてや触られたくないじゃん？　俺はクラリスであれば絶対に女性を選ぶと信じていた。

俺らがリスター国立学校に行った後、奴隷はイルグシアに連れていくことになると思うので、マリアも一緒になって選んでほしいと言ったのだ。

二人は本当の親子のように仲睦《なかむつ》まじく奴隷を選んでいく。やはり女性を選ぶようだ。良かった。

だがここで予想外のことが起こった。クラリスとマリアは奴隷の話をするのだが、すぐに脱線して違う話をしてしまうのだ。結局女性の奴隷二人を選ぶのに一時間もかかった。

しかしそれを喜んだ者もいた。そう、ヘリクだ。ずっとマリアだけを見つめている。いや、さすがに怖いよ。

「ではこの二人にします。ヘリクさん、合計五人でおいくらですか？」

マリアがヘリクに目を向けると、ヘリクも商人の顔になる。

「はい。金貨五十枚という所ですが、今回はマリア様がわざわざいらっしゃってくださったということもありまして……」

俺は金貨二、三枚くらい値引きしてくれれば御の字かなと思った。

五百万円のお買い物で二十万か三十万値引きって結構現実的だよね。いや、実際日本でそんな買い物したことないし、見たこともないよ？　あくまでも想像だからな。

「金貨二十五枚で！」

はぁ!?　半額!?　二百五十万円値引き!?

だがマリアはまだ値切るようだ。

「もう少し安くなりませんか？」

微笑みながら首を傾けヘリクを見つめる。いや母ちゃん、マジで可愛いけど、息子がいる前で色気はふりまかないでくれ。ただ効果は抜群だった。

「金貨十五枚でいいです。ただサインを五枚ほどください。値引き分は今店の中にいる客の中から四人にカンパをしてもらいます。その四人にせめてマリア様のサイン色紙を渡してあげたいのですが、よろしいでしょうか？」

微笑むだけで百万も値切りやがった。ヘリクもなかなか考えているようだ。しかしサイン色紙っていくらで売れるんだろうか？

【黒い三狼星】と新しく買った奴隷の二人の女性の人間を連れて、今日契約したばかりの屋敷に戻った。二人の女性はレイとミサといって、二人とも十五歳とのことだ。

アルメリアの屋敷に戻ってまず部屋割りを決める。

【黒い三狼星】には一階の三部屋をそれぞれ与え、レイとミサには二階の一室を二人で使うように命じた。二階はひとつひとつの部屋が広く、レイとミサの部屋も十帖くらいある。二階の一番広い部屋はクラリスの部屋となった。クラリスの部屋は十五帖。俺とアイクの部屋はそれぞれ十二帖、一階の【黒い三狼星】の部屋もそれぞれ八帖はあった。二階の一部屋は物置部屋にした。

レイとミサにマリアが仕事を教える。もともと家事が得意な二人はすぐに仕事を覚えるとマリア、クラリス、リーナと一緒に食材を買いに出かけた。

残った俺たち男性は必要な家具の買い足しをする。

幸いベッドやタンスなどの大きな家財道具はすでに置いてあったので、そこまで荷物にならなかった。

夕方になり全員で食事を摂る。しかしここである問題が、レイとミサ、そして【黒い三狼星】の五人が食卓に着かないのだ。

「お前たち、どうして座らないんだ？」

ジークが五人に問うと、代表してガイが答える。

「はい。我々も最初一緒にいただこうと思ったのですが、レイに奴隷が主人と一緒に食卓を囲むのはご法度と言われまして。考えてみればそうなのかなと」

奴隷となったガイの口調が変わっていることにも驚いたが、なるほど、そういうことか。俺はその辺のことは疎いから知らないが、レイとミサはヘリクに口酸っぱく言われているのかもしれない。

「……そうか。確かにそうかもしれないが、今日は構わん。明日からはアイクが決めろ」

ジークの言葉に驚く奴隷五人。それでも席に着かずどうすればいいのか迷っている。

「これは命令だ。一緒に飯を食べるぞ！」

もう一度言うと、ようやく五人は席に着く。俺たちは食事を進めるが五人は料理に一切手をつけない。もしかしたら俺たちが食べ残した物を食べろとヘリクに教育されているのかもしれない。

【黒い三狼星】は俺が肉を口に運ぶたびに、涎を垂らしながら見ている。これでは食べにくい。

見かねたクラリスが席を立ち、五人に料理を取り分ける。

「く、クラリス様？　何を？」

目の前に料理を取り分けられたレイが狼狽《うろた》える。

「冷めないうちに食べましょう。みんなで食べれば美味《おい》しいし、早く片付けも始められ、その分時間も有効に使えるでしょう？　お義父様、お義母様もよろしいですか？」

ジーク、マリアも当然だとばかりに頷く。ジークに限ってはクラリスにお義父様と呼ばれ、少しデレっとしているようにも見える。

ようやく全員、俺、アイク、クラリス、ジーク、マリア、リーナに【黒い三狼星】とレイとミサの十一人全員で食事を始める。大勢の食事は楽しい。しかしすぐに終わりが来てしまった。

リミッターの外れた【黒い三狼星】の食欲は凄まじく、かなり多めに作ってあった料理もあっという間になくなってしまった。まぁあれだけ待てされたらそうなるよな。

「ガイたちには足りなかったか？　もし足りないのであれば、明日からもっと作ってもらうようにするが？」

「ありがとうございます。ジーク様。ただあまりにも美味しかったので勢いよく食べてしまいましたが、この量で充分でございます」

食事を終え、レイとミサが片づけを始めようとしたところでジークが口を開く。

「奴隷の五人に言っておきたいことがある。これは奴隷契約を結んだ時、つまり隷属魔法を使った時にも伝えたことだが、私たちの秘密を絶対に口外しないこと。私たちに危害を加えないこと。

私たちの不利益になるようなことはしないこと。まぁこれはもう隷属魔法で契約しているから反故にはできないのだが、もう一つ。三年後にはここではなく隣町のイルグシアに移住すると思うからそのつもりでいてくれ。その際、ガイ、マック、オルの三人はパーティを組んでイルグシア迷宮《ダンジョン》の管理を手伝ってもらうつもりだ。明日お前たち三人は冒険者ギルドに行って冒険者登録をし、パーティとしても登録するからそのつもりで」

「レイとミサも三年後にはイルグシアの家で使用人としてお願いね」

ジークとマリアが言うと、五人は頷く。

「じゃあ明日からよろしく頼む」

ジークのその言葉で場はお開きになり、それぞれ明日に向けての準備をして就寝した。

翌日、ジーク、マリア、リーナがイルグシアに帰るのを見届けた後、俺たちは冒険者ギルドに向かった。【黒い三狼星】の冒険者登録とパーティ登録をするためだ。

ギルドマスターのラルフにジークからの手紙を渡す。そこには【黒い三狼星】をE級冒険者として登録してほしいとの文字が。

実力としては申し分ないし、アルメリアのためでもある。当然ラルフは【黒い三狼星】をあっさりとE級冒険者として登録し、Eランクパーティ【黒い三狼星】の登録も完了した。

本人たちも【黒い三狼星】の名前が気に入ったようで喜んでくれている。

俺たちもついでにパーティ登録しようか迷ったが、あと数か月でアイクがリスター連合国へ行ってしまうので、やめておいた。

「アイク様、我々はアルメリア迷宮《ダンジョン》でどのようなことをすればよろしいのでしょうか？」

　長男のガイがアイクに尋ねるとアイクが答える。

「当初の目的ではポーターとして雇ったのだが、今後のこともある。お前たち【黒い三狼星】にもある程度戦闘をして、経験を積んでもらおうかと思っている。欲を言えば、アルメリア迷宮《ダンジョン》の一層を三人で潜っても問題ないくらいにだ」

「今の能力でも全く問題はないと思いますが？」

「いや、俺たちの言う問題ないというのは、遭遇した魔物をすべて倒せるという意味でだ。一層の魔物は脅威度Dの魔物ばかりだから苦戦するだろう。今日試しに三人だけで戦ってもらう。もちろん危なくなったら俺たちも参加する。そうすれば色々見えてくることもあるだろう」

　少し不服そうにガイが頷く。

「あと、今日の戦いを見てからお前たちの装備も買う。どういうのが欲しいとかあればあらかじめ考えておいてくれ。俺たちもお前たちの戦いを見て考えさせてもらう」

　三人とも得意なのは体術。得物は持たないスタイルなので買うのであれば防具か。

迷宮《ダンジョン》に入り最初の部屋にはシルバーバットの姿が。俺やクラリスからするとボーナスステージなのだが、この三人の場合は違う。

　やはり誰かを囮《おとり》にし、シルバーバットが降下してきたところを集中攻撃するという他の冒険者たちと同じ戦い方で、ダメージもそれなりに受けている。

「どうです？　これくらいの怪我であれば余裕です！　どんどん行きましょう！」

シルバーバットを倒し終えたガイが意気揚々と次の部屋に向かう。

次の部屋で現れた魔物はロックリザードという硬い鱗《うろこ》を纏う魔物が六体、脅威度はＤ。右手に石槍を装備している。ロックリザードとも【黒い三狼星】に戦ってもらう。

「マック！　オル！　我らの強さを見せつけるぞ！」

ガイが檄《げき》を飛ばしロックリザードに襲い掛かる。

体術といっても色々あるのな。ガイは拳を握りボクシングのような戦い方を好み、マックは距離を取りながら足技を、体格の良いオルは組み技を得意としているようだ。

ロックリザードたちは石槍を突くが、それを躱す【黒い三狼星】。ロックリザードの槍捌きはお世辞にも上手いとは言えず、いつもアイクの槍術を見ている俺からすれば、素人同然だった。

槍を躱しながら的確に鱗の上から打撃を入れるガイとマック。至近距離でちょこまかと動く二人にロックリザードの注目が集まり、オルがその隙をついて、背後から首をへし折っていく。

確実にロックリザードを葬ってはいるが、ガイとマックの二人もダメージを受けている。

槍が躱しきれない時は手で払いのけているのだが、その際穂先の刃の部分に手があたることがあり、軽く出血をしている。ボクシングスタイルのガイが手に傷を負うのはよろしくない。

結局六体のロックリザードを倒し終えるのに十分かかり、ガイのＨＰは半分となっていた。

「アイク様、私たちの強さを認めていただけますか？」

腕から流血しながらも、ガイが胸を張ってアイクに問う。

「いつもそのように戦っているのか？」

「はい！　我ら獣人は複数の敵にも恐れることなく戦って、必ず勝利をつかみます！」

「それで次に戦えるようになるまでどのくらい時間がかかる？」

「完全回復しなくても戦えますので、あと二時間くらいで戦えるようになります」

「そうか……では次に俺たちの……いや俺の戦い方を見てもらってもいいか？　ガイは動けるか？」

「はい、ですがアイク様お一人で戦うおつもりですか？」

「ああ。もし危なくなったらマルスとクラリスに援護してもらう」

部屋を後にするとすぐに通路でロックリザード三体と遭遇した。ロックリザードもこちらに向かっているのでもうこちらに気づいている。

アイクが【黒い三狼星】に向かって「見ていろ」と言うと、炎の槍《フレイムランス》を構えてゆっくりロックリザードの方に歩く。

ロックリザード三体が横一線に奇声を発してアイクに突撃してくると、アイクが足を止めて応戦する。

ガイが「危ない！」と叫んだのも束の間、アイクが《ファイア》を唱えてからバックステップをすると、《ファイア》が左端のロックリザードに着弾した。

驚いてこそいたものの、着弾したロックリザードに致命傷は与えられていない。しかし火を相当嫌がっている。アイクは右手で炎の槍《フレイムランス》を構え、左手でひたすら《ファイア》を放つ。《ファイア》は狙って撃つというよりも左方向に適当に連射している。

アイクから見て左側のロックリザードは《ファイア》を嫌がり、前に出てこない。右側と真ん中のロックリザードはファイアの熱から逃げるため、通路の右側の方に一列になり、前にいたロックリザードがアイク目掛けて石槍を突きだす。

ただただ前に突き出された槍をアイクがなんなく躱すと、ロックリザードの頭に炎の槍《フレイムランス》を突き刺し、あっさりと屠る。

その後ろにいたロックリザードもあっさり倒すと、通路の左側で《ファイア》を嫌がっていた最後のロックリザードに《ファイアアロー》を着弾させる。火だるまになりながら万歳アタックを仕掛けてくるロックリザードは、炎の槍《フレイムランス》で払いのけられると、間もなく焼かれ絶命した。

三体倒すのに三分かからない見事な戦闘に、【黒い三狼星】があっけに取られている。

「ガイ、これが俺と君たちの差だ。こうやって考えて戦うことで、次の戦闘にも万全の状態で挑める。武器に付与《エンチャント》すればもう少し楽に倒せるのだが、ただでさえ装備に差があるのに、これ以上差を付けたら平等ではないからな。まぁその分俺は一人で戦ったが」

【黒い三狼星】の三人は驚いた様子で、声が出てこない。

「あとな、これからお前たちが見ることはブライアント家の『秘密』だ。絶対に口外はしないように。マルス、ガイたちを治してやってくれ」

目で合図を送ってくるアイクに頷き、ガイに《ヒール》を唱えた。

「ひ、《ヒール》だと⁉　まさか？　バーンズ様との戦いで風魔法を唱えていたよな？　神聖魔法使いが他の魔法を使うだと……?」

【黒い三狼星】の三人が各々ぶつぶつ呟いている。

「少なくともお前ら三人で戦って連戦できるようにならないと、俺たちのポーターは務まらないから頑張ってくれ。俺たちも最大限援護する」

その後、以前【黄刃】を助けた所を過ぎ、遭遇するすべての魔物を皆で倒しながら奥へ進む。相変わらず罠が多いので、天眼を使いながら慎重にだ。

もうそろそろ帰ろうかという時に、二層へ通じる部屋を見つけた。部屋には熊のような魔物が三体。鑑定してみると、かなり手強かった。

【名前】ー
【称号】ー
【種族】グリズリーベア
【脅威】Ｃ
【状態】良好
【年齢】四歳
【レベル】５
【ＨＰ】１６４／１６４
【ＭＰ】４／４

【筋力】84
【敏捷】50
【魔力】1
【器用】1
【耐久】82

　これはジークに教えられていた、二層で出てくる魔物だ。これで脅威度C。ほぼステータスが一緒のゴブリンロードがC^{+}。ステータスはほぼ同じだが、脅威度に差があるのは特殊能力の差ということだろう。

「アイク兄！　ゴブリンキングと同じくらいの強さです！」

「それほどか。皆油断はするなよ！」

　本来であれば雷魔法の練習をしたいのだが自重した。雷魔法の魔力操作がうまくできなくて味方にまで被害を及ぼすかもしれないからだ。

　クラリスが魔法の弓矢《マジックアロー》でグリズリーベアたちにダメージを与えていく。俺もクラリスと一緒に《ウィンドカッター》で遠距離からグリズリーベアを切り刻む。正直これだけを逃げながらやり続ければ勝てると思うのだが、アイクと【黒い三狼星】の四人は突っ込んで止《とど》めを刺しに行く。

　何度か【黒い三狼星】が殴られそうになったが、その都度《ウィンドインパルス》でグリズリーベアを吹っ飛ばしていたので大したダメージはなく、結局ものの一分で戦闘が終わってしまった。

「マルス！　あれを見て！」

　クラリスの指さす方を見るとそこには宝箱が。鑑定し、罠がないことを確認して宝箱を開ける。

　中身を確認すると思わずガッツポーズが出てしまった。

　そこにあったのは中級神聖魔法の魔導書。初級の《ヒール》しか神聖魔法を覚えていない俺たちにとって、待ち望んでいた物の一つだ。

「よし、じゃあ二層の様子を見て戻るか。戦うつもりはないから魔物がいても攻撃するなよ」

　アイクの声を皮切りに皆で二層の様子を窺う。

「――――な、なんだこれは……」

　その異様な光景に一同言葉を失ってしまった。

第13話　事前準備

　階段を下りている時から違和感、いや異変に気づいた。階段の下の方から音がするのだ。キシキシ蠢く音。それが上の階にまで聞こえる。

ゆっくり近づいてみると……体長一メートル近くある巨大な蟻《あり》がぎっしり詰まっていた。蟻の上に蟻が何層にも重なっており、二層の部屋から通路の先まで大量の蟻が。鑑定はこちらに気づいてしまう可能性もあるから諦めた。

　壁や天井には蟻の卵らしきものが、針先ほどの隙間なく並び、かなりグロい。ここにロケットランチャーを持ってきて、豪快に吹っ飛ばしたいと思っていると、「まるでゲームの世界ね」とクラリスが呟く。多分俺と全く同じことを考えているのだろう。

「アイク兄、どうしますか？」

「これは下手に手を出すとやばいことになりそうなんだが……みんな何か案はないか？」

「ここにいるのも危険だし、今日は一旦帰りませんか？　私たちの聞いていた情報とまったく違うようですし」

　クラリスの意見に従い、みんなで魔石を持って出口を目指した。帰る途中に出てきた敵は俺が魔法ですべて倒す。皆手は魔石で塞がっているからな。

　戻りながらレベルの上がったアイクとクラリスを鑑定する。

【名前】アイク・ブライアント
【称号】―
【身分】人族・ブライアント子爵家長男
【状態】良好
【年齢】十一歳
【レベル】25（＋4）
【HP】147／147
【MP】822／1175
【筋力】95（＋15）
【敏捷】72（＋12）
【魔力】52（＋9）
【器用】41（＋7）
【耐久】90（＋14）
【運】10
【特殊能力】剣術　C（Lv6／15）（4→6）
【特殊能力】槍術　B（Lv8／17）（7→8）
【特殊能力】火魔法　C（Lv7／15）（6→7）

【装備】炎の槍《フレイムランス》
【装備】火精霊の剣《サラマンダーソード》
【装備】火幻獣《イフリート》の法衣
【装備】火の腕輪

アイクをこうやってしっかり鑑定するのは、俺がグランザムに飛ばされる前以来だ。その間に歳を重ね確実に強くなり、C級冒険者クラスの能力を兼ね備えている。

次にクラリス。

【名前】クラリス・ランパード
【称号】ー
【身分】人族・ランパード男爵家長女
【状態】良好
【年齢】八歳
【レベル】25（＋４）
【ＨＰ】１２０／１２０
【ＭＰ】３５４／６２４
【筋力】51（＋８）

【敏捷】55（＋9）
【魔力】75（＋12）
【器用】83（＋15）
【耐久】51（＋7）
【運】20
【固有能力】結界魔法　G（Lv1／5）
【特殊能力】剣術　C（Lv4／15）（3→4）
【特殊能力】弓術　B（Lv7／17）（5→7）
【特殊能力】水魔法　C（Lv3／15）（2→3）
【特殊能力】神聖魔法　A（Lv7／19）（6→7）
【装備】ディフェンダー
【装備】魔法の弓矢《マジックアロー》
【装備】聖女の法衣《セイントローブ》
【装備】神秘の足輪《ミステリアスアンクレット》
【装備】誓愛の髪飾り
【装備】偽装の腕輪

クラリスは、俺がレンガを作っている間もイルグシア迷宮《ダンジョン》に潜り続けていたというのもあって、レベルの上がり方が早い。あっという間に俺を抜き去って、もうアイクに並んでいる。弓と剣を使っているため器用値が、魔法も使っているため魔力も上がる。最近覚えた《アイスアロー》の追尾能力もなかなかエグい。

迷宮《ダンジョン》を出るとすっかり日が陰っていた。

街の喧噪《けんそう》をかき分け、向かうは冒険者ギルド。魔石の換金と共にギルドマスターのラルフに二層のことを報告することにしたのだ。

むせ返すほどの汗の臭いの中、【黒い三狼星】には列に並んでもらい換金を頼み、俺たち三人は受付をしているラルフの娘のルシアの下へ向かう。

その際冒険者たちは魔石の量にも驚いていたが、それ以上に獣人が誰かの下に仕えていることに驚いていていた。

「大至急ラルフさんに報告したいことがあるのですが、取り次いでもらえますか？」

「どうしたのですか？　用件をまず仰ってください」

他の冒険者の対応をしていたルシアにアイクが聞くと、ルシアは手を止めアイクの言葉をしっかり聞いてくれる。冒険者も親睦会で一緒に話をしたことがある人で、いくら緊急とはいえ横から割り込んでくる俺たちに、何一つ嫌な顔をせずに会話を静観してくれた。

「アルメリア迷宮《ダンジョン》が迷宮飽和を起こす可能性があります」

「――――わ、分かりました。こちらへどうぞ」

ルシアに付いていき、二階のギルドマスタールームの前につく。

「イルグシアのジーク子爵のご子息から報告があるとのことです」

ルシアがノックすると、部屋の中からラルフの声が聞こえる。

「入れ」

ルシアが扉を開け、俺たちに中へ入るよう促すと、そこには先客がいた。小綺麗にしているお爺さんがソファに腰をかけている。どこかで見たことがあるような……思い出そうとしていると、ラルフがいち早くその人物を紹介してくれた。

「お前たち、こちらのお方は、カーメル辺境伯エビン・サオルム様だ」

ラルフに紹介されたカーメル辺境伯がゆっくり立ち上がる。

「初めまして、エビン・サオルムだ」

穏やかで優しげな表情を浮かべ、カーメル辺境伯が自己紹介をしてくれたので、俺たちもそれぞれ自己紹介をする。それを見ていたラルフが早速用件を聞いてきた。

「それで、お前たちはどうしたんだ？　至急の報告があると聞いていたが？」

「はい。本日僕たちはアルメリア迷宮《ダンジョン》の二層へ向かおうと思ったのですが、様子が異常でしたので、引き返して報告に参りました」

「二層だと？　もうそんなところまで……まぁお前たちなら当然か……続けてくれ」

「はい。二層には蟻の魔物がたくさんおりまして。奥が見えないくらいでした。あの数では対処ができないと思い、報告に参った次第です」

「お前たちでも無理か？」

「やってみなければ分かりませんが、やった結果無理でしたというのは……もっと万全の状態で挑んで無理だった場合は諦めも付くでしょうが、何の準備もなく僕たちだけで挑んで、その結果街を滅ぼすということはしたくなかったので」

「うむ。一度私も見てみたいがお前たち、これから私を迷宮《ダンジョン》の二層まで案内できるか？」

ラルフの言葉にカーメル辺境伯も続く。

「私も同行したい。何しろ私が治めている土地だからな。申し訳ないが私の護衛も頼めるか？」

「大丈夫かと思います。獣人の奴隷と一緒に潜っておりますので、人数的に問題ないかと……」

それを聞いたカーメル辺境伯が少し驚いた様子で質問してくる。

「獣人の奴隷だと？　どこで買った？」

「アルメリアのヘリクさんの所です」

「獣人たちは素直に従ったのか？」

「いいえ、バーンズ様と、こちらにおります弟のマルスが少し手合わせをしまして……それを見ていた獣人たちが、私たちであれば仕えても良いとのことでしたので……もちろんバーンズ様は今はまだ仕える気はないとのことでしたが」

「バーンズと会話をしたのか？」

「はい。弟だけですが。他の獣人たちもバーンズ様が人間と話すのはとても珍しいと驚いておりました」

「……そうか……お前たちには獣人たちが従うのか……」

カーメル辺境伯の表情を見るからに、かなり複雑な心境なのだろう。

「今魔石の換金をしておりますが、すぐに発たれますか？」

「あぁ！　早いうちがいいな。辺境伯もよろしいでしょうか？」

ラルフの言葉にカーメル辺境伯が頷く。ギルドマスタールームを出て一階に降りると、まだ列に並んでいる【黒い三狼星】たちと目が合った。

俺たちに対し、しっかり敬意を表すかのように【黒い三狼星】が頭を下げたのを見たカーメル辺境伯が、まだも驚きの表情を見せる。

「今からまた迷宮《ダンジョン》に潜ることになった。お前たちにはこのお二方の護衛をしてもらいたい」

「分かりました。この魔石はどう致しましょう？」

確かにこの魔石は持っていくことはできないな。するとここでラルフが強権を発動してくれた。

「俺はここのギルドマスターだ。もう腕はさび付いているがまだ少しは戦える。魔石の換金はこちらでしっかりやっておくから安心してくれていい。お前らは最優先でこちらのカーメル辺境伯の護衛を頼む」

ラルフが受付をしていたルシアたちを呼びつけ、大量の魔石を受付の奥に運ぶよう指示を出す。

「ガイ、そういうことだ。カーメル辺境伯を中心に護衛を頼む。帰ったら今日は沢山肉料理を食べよう！」

「は！　承知いたしました」

アイクの言葉にガイ、マック、オルの【黒い三狼星】が頭を下げる。

【黒い三狼星】の奴隷としてのしっかりとした立ち居振舞いに、カーメル辺境伯とラルフは驚くのを横目に迷宮《ダンジョン》へ急ぐ。

「これほどとは……全員Ｃ級以上か……」

俺たちの戦いぶりにカーメル辺境伯とラルフが目を見張る。そのままの勢いで一層の最後の部屋に辿りつく。居たのはグリズリーベアではなく、ロックリザードたちだった。いつものように俺とアイクとクラリスの三人で倒しきる。

階下をカーメル辺境伯とラルフが確認すると二人とも目を見開いていた。

「なんだ……このおぞましい光景は……少なくともジークたちがいた時は蟻……いやキラーアントはここにはいなかったはずだが……もしかしたらもっと深いところから二層に来たのか……？」

この蟻はキラーアントというのか。あまりの光景にジークを敬称なしで呼ぶラルフに、カーメル辺境伯が問う。

「どちらにせよ放っておける状況ではないのは確かだ……ラルフよ、どうすれば良い？」

「辺境伯、いったん戻りましょうか？　ここで話しているのは危険すぎます」

再度迷宮《ダンジョン》を出たときにはもう深夜。迷宮《ダンジョン》に入る時には夕日がアルメリアを照らしていたが、今は魔石灯がそれに変わる。

「すみません。朝から迷宮《ダンジョン》に潜っているのでさすがに疲れてしまいました。今日の所はここで失礼させてもらってもよろしいでしょうか？」

アイクに代わり、俺がカーメル辺境伯に申し出る。ご飯を食べずにずっとだからな。【黒い三狼星】も疲れており、なによりクラリスにこれ以上夜更かしはしてほしくない。

「……そうか。分かった。お前たちご苦労だった。悪いがまた明日ギルドに顔を出してもらえないか？　しっかりと報酬は出す」

カーメル辺境伯の言葉に頷き、ミサとレイが待つ屋敷へ急いだ。

――――翌日。

ギルドマスタールームにはすでにカーメル辺境伯の姿があった。この人もしかしてここで寝泊まりしたのか？

「早速だが何か案はないかね？」

そのカーメル辺境伯が俺たちに質問すると、アイクが俺に発言するように目で促す。

「まず魔物の強さが分からないのでなんとも。ラルフさんはあの魔物のことを知っていたようですが、どのくらいの強さですか？」

昨日あの蟻を見てキラーアントと言っていたから、何か知っているのだろう。

「ああ、あれはリスター連合国の『死の森』などに生息している、キラーアントという魔物だ。脅威度はD。一体であればさほど脅威ではないのだが、あの数だからな……」

確かに奥までぎっしりとキラーアントが詰まっていたからな。

「脅威度Ｄで千匹程度くらいであれば、倒しきることは可能かと思います。ですが上位種がいた場合厳しいかと……」

「それはキラーアント千匹だけの場合、君たち三人だけでなんとかなるということか？」

「平野で一斉に千匹を相手にするのであれば無理かもしれませんが、迷宮《ダンジョン》の中で、それも階段で戦うとなればやりようはあると思います」

「もしも君が指揮を執るとしたらどうする？」

「僕であれば……まずイルグシアから【茶色の盾《ブラウンシールド》】、【蒼の牙《ブルーファング》】、【赤き翼《レッドウイング》】のＣランク三パーティを呼びます。奴隷の獣人たちをどうにか説得し、この街の上位の冒険者を含めて、部屋で待機します。ここで重要なのが絶対にバーンズ様の協力が必要だということです。もしも三層以降の敵が一緒になって出てきてしまった場合、僕たちだけでは脅威度Ｂの魔物を対処できませんから」

俺の言葉にやはりといった様子でカーメル辺境伯が頷く。

「そうか……やはりそこまでのことか……やるだけやってみよう！　バーンズが何を要求してくるかは分かっているが……まぁ無理だろうな……分かってはいると思うが、君たちの力も必要だ。報酬は期待してくれていい。どうかよろしく頼む」

俺たち子供三人に頭を下げるカーメル辺境伯。俺が思う貴族のイメージとは全く違う。ビートル伯爵もそうだったが、この世界の上級貴族はいい人たちばかりだ。人格者でなければ統治できないということなのかもしれない。

「カーメル辺境伯。どうか頭を上げてください。もちろん一緒に戦わせてください。ここは僕たちが生まれた場所でもあります。父や母も必ずや協力してくれることでしょう」

「ありがとう。やはりジーク卿にアルメリアのことを頼んでおいて正解だった……」

カーメル辺境伯が少し涙ぐみ、声を少しだけ震わせる。明日再びジークたちを呼んで会議することになった。


屋敷に戻り夕食を食べ終えると、俺は一人で迷宮《ダンジョン》に向かった。雷魔法の訓練のためにだ。雷魔法を鑑定したとき、扱うにはかなり魔力操作の訓練が必要とあったからな。

まずはバーンズと手合わせした時のように雷魔法を纏ってみると、今まで何度やっても発現しなかったのが嘘みたいに、あっさりと俺の体を金色に光るオーラが包み込む。

あれぇ？　雷って青白いよな？　俺が雷をしっかり見たのは一回だけで、それはクラリスと一緒にこの世界に来た時の雷だけだった。まぁ色は別に気にしなくていいか。

身に纏っている金色の雷は、俺自身に対してはダメージを与えないらしい。自分が身に着けている物に対してもだ。そしてこの雷を纏いながら歩くこともできた。そのまま迷宮《ダンジョン》の通路を歩いていると、前方に見えたのはシルバーバットの群れ。

シルバーバットも俺に気づいたらしく、雷を纏う俺に襲い掛かってきた。どうにかして雷魔法で倒せないかと思いながらシルバーバットの攻撃を躱そうとしたとき、それは起きた。

纏っていた雷が勝手にシルバーバットに向かって放たれたのだ。

金色の雷がシルバーバットを穿《うが》つと、轟音と共に視界が金色に染まり、次の瞬間にはシルバーバットは魔石になっていた。他のシルバーバットもその音や衝撃により地面に落ちている。

や、やばいこの魔法。どう考えても回避不能だろう。光ったと思ったときにはもう着弾。威力も計り知れない。少なくとも《ファイアストーム》の比ではないだろう。

雷を纏う魔法を《纏雷《てんらい》》と名付けることにした。《纏雷》の消費ＭＰはなんと５００。さすがにＭＰを食いすぎる。威力などを調整できれば消費ＭＰを抑えられるかもしれないと思って試行錯誤を繰り返すと、突然俺の後ろから聞きなれた可愛い声が。

「マルス？　大丈夫？　凄い光と音だったけど……何をしているの？」

振り返ると、心配そうにこちらの様子を窺うクラリスの姿。

「え⁉　どうして……ここにいるの？」

「いえ……リサとレイの二人と後片付けをしていたら、マルスが家から出ていくのが見えて。ちょっと心配になってついてきちゃった」

少し悪びれた様子でクラリスが歩いてくる。

「魔法の練習をしていたんだ。周りに人や物があると迷惑が掛かる類いの魔法だから」

こちらに向かって歩いてくるクラリスを迎えるように俺も近づき、クラリスの手を取ろうとしたとき、あることに気づく。《纏雷》を解除していない！

「危ない！」

叫ぶのも虚《むな》しく、俺の体からクラリスの右手に金色の雷が伝う。

「きゃぁぁぁあああ！！！」

………

……

…

「あ、あれ？」

間違いなくクラリスに《纏雷》が直撃したはずなのだが……。

「だ、大丈夫？」

「う、うん……なんだったの……今のは？」

クラリスが自身の光る右手を不思議そうに見ながら聞いてくる。

「多分、今俺が訓練している魔法がクラリスに当たったんだと思うんだけど……本当に大丈夫？この前バーンズ様にダメージを与えた魔法だから、早く使えるようになりたくて。だけど人前で練習すると今みたいなことが起きるかもしれないと思ったから、一人でここにきて訓練しようとしていたんだ……」

「今の感覚はなんか懐かしい感じがした……私この感覚知ってる……と思う」

やはり俺もなんとなくだがこの魔法、どこか懐かしい感じはしていた。

「雷魔法なんだ。俺も心当たりはある。多分あのコンビニの時の感覚じゃないかな？」

「やっぱり……私もすぐにそう思ったわ。耐性があるってことかな？」

「多分……」

もしかしたら装備している聖女の法衣《セイントローブ》のおかげかもしれない。

「ちょっと、あまり痛くはしないようにするから、脱いでもらっていい？」

俺の言葉にクラリスは一瞬きょとんとするが、真っ白な肌がみるみる赤く染まっていく。

「ちょっ⁉　な、何言っているの⁉　ここで⁉　ここでは嫌よ……」

あ、間違いなく俺の言い方が悪かった……こりゃ絶対にセクハラ案件だよな。

「い、いや、そういう意味じゃなくて。もしかしたら聖女の法衣《セイントローブ》のおかげでクラリスにダメージや状態異常の感電が与えられなかったのかなと思って。決してそういう意味じゃないよ」

「あ……！　ちゃんと言ってよね」

そう言いながら聖女の法衣《セイントローブ》を脱いでくれるクラリス。さっきの会話で妙に意識をしてしまって、衣《きぬ》擦《ず》れの音だけでも……煩悩を一生懸命断ち切り、なるべく自然に声をかける。

「じゃあ始めるよ、なるべく優しく……じゃなくて痛くないように……じゃなくて……とにかく傷つけないようにするけど、少しでも痛かったら言ってくれ」

もう何を言ってもあっち系の言葉にしか受け止められないような気がする。だけどクラリスは分かってくれたようで、

「マルスを信じているわ。痛くしないで優しくしてね」

と微笑みながら揶揄《からか》い、俺の手を握ってくれる。

「じゃあいくよ？」

俺の問いかけに、クラリスは俺の目を真っすぐ見て頷く。

「《纏雷》」

金色の光が俺を包むと同時に、俺の手からクラリスにも伝わり、クラリスのことも守るかのように優しく包む。

「これはやっぱり、私に耐性があるってことよね？」

「そうだね。今思うと耐性がなかったら危なかったな。軽率すぎた。ごめん」

「ううん。マルスだったら絶対に大丈夫って確信があったから。それにこれで私も一緒に潜れるわよね。いくらマルスでも一人でこの迷宮《ダンジョン》は心配よ」

「ありがとう。じゃあお言葉に甘えて援護の方お願いするよ」

俺は《纏雷》を自らの意志で放出できないか、威力のコントロールなどの訓練を。クラリスは中級神聖魔法の魔導書を持ってきており、そこに記されている《キュア》の習得を目指す。

この雷魔法、出力が大きすぎて制御するのにもかなりの魔力と器用値を要するかもしれない。なんとなく加減はできている気がするのだが、それでもシルバーバットやロックリザードが耐えられるものではなかった。

また《纏雷》が目標物を捉えたら最後、俺の意志で雷を戻すことはできない。というか、気づいたらすでに着弾してしまっているのだ。なのでみんなの前で気軽に発現させていい魔法ではない。

それに消費ＭＰが激しいというのも難点だ。現に少ししか訓練していないが、俺のＭＰは残り二桁に迫ろうとしている。

「どう？　《キュア》を覚えられそう？」

「うん。なんとなくコツは掴んだからもう少しやれば……」

真剣に取り組むクラリスの顔を隣で見ていると、白い光がクラリスの右手から放たれる。

「やった！　できたわ！」

「おめでとう！　今度俺にも教えてよ。あまり遅くなると明日に響くかもしれないから帰ろう」

「そうね。もしかしたら明日本番になるかもしれないから早く戻りましょう」

クラリスの手を取り二人で迷宮《ダンジョン》を後にする。

屋敷の前まで着くと、誰にも気づかれないように家にこっそり入ろうとしたが、あっさりと【黒い三狼星】の三人に見つかってしまった。獣人の聴覚恐るべし。

事情を説明すると、三人よりも強い俺たちを心配するのはおこがましいかもしれないが、せめて外出するときは声をかけてくれとのこと。

「ごめんなさい」と二人で謝りながら、今度から風魔法で音とか匂いとか消さないと、訓練という名の迷宮《ダンジョン》デートができなくなってしまうと考えながら部屋に戻った。

――――翌日

「よし、早速始めよう」

早朝からイルグシアから来たジークたちと一緒に、アルメリア迷宮《ダンジョン》の二層の様子偵察した後、ギルドマスタールームで作戦会議を行う。

ギルドマスターのラルフの言葉に皆が頷く。俺、アイク、クラリスにジーク、マリア、【蒼の牙《ブルーファング》】、【赤き翼《レッドウィング》】、【黒い三狼星】にカーメル辺境伯だ。

「マルスからおおよそのことは聞いた。獣人たちはどうなった？」

ジークがラルフに聞くと、カーメル辺境伯が答えた。

「昨日早速獣人たちに交渉し、バーンズ以外は協力してくれる。やはりバーンズの要求は予想した通りでな。申し訳ない」

「バーンズ様の要求は何なのですか？」

当然の疑問をアイクが投げかける。

「フローラという女性をアルメリアに連れてきたら参戦してやるとのこと。まぁ迷宮飽和が起きれば契約通り責務は果たしてくれるが、多少はこの街に被害は出てしまうだろう……」

「フローラさんは連れて来ることはできないのですか？」

「あぁ。フローラはAランクパーティに入ってしまってな。もうバルクス王国にはいないのだよ。今はもうこの世界のどこかの難易度が高い地域か迷宮《ダンジョン》付近にいるはずだ」

Aランクパーティ。いつか会ってみたいな。そんなことを考えていると、今度はジークがカーメル辺境伯に質問をする。

「辺境伯の騎士団は動かせないのですか？　あと、ここ以外の冒険者も」

「うむ。動かせることは動かせる。実際騎士団を向かわせてはいるが、騎士団は治安維持メインに活動しており、迷宮《ダンジョン》に潜るということはなかったからな。あまり期待しないでくれ。他の街から冒険者を募ってはいるが、その辺りのことは後でラルフに聞いてくれ。優秀な冒険者も昔はアルメリアにいたのだが、戦争で駆り出されてな。有望な冒険者二人は結婚してしまい、今は残念ながら天領の子爵だ」

　カーメル辺境伯がジークとマリアを見ながら答える。

「申し訳ございません。辺境伯には大変目をかけていただいていたのですが……」

「よいよい。それにその子爵の子供にも協力してもらっているのだ。私も卿にはとても感謝しているよ。この件が無事に済んだら二人で……いや夫人と三人で話ができないか?」

「えぇ。承知いたしました。ですが今はアルメリア迷宮《ダンジョン》のことを考えましょう」

　カーメル辺境伯が頷くと、早速ジークが皆を見ながら口を開く。

「はい。それで作戦を。まず決行日ですが早い方がいいので明日です。アルメリア迷宮《ダンジョン》の一層の敵はすべて一匹残しで潜ります。これは常套《じょうとう》手段ですが、退路をより安全にするためです。湧き部屋でもない限り、全滅させなければその部屋の魔物は湧いてこないというのは、もう皆さんご存じでしょう」

　ジークがみんなを見回すと、俺とクラリス以外は頷いていた。かなり昔にそんなことを聞いたことあったなと思ったが、クラリスは全く知らなかったらしい。

「一層最後の部屋に着いたらこの部屋でも一匹残しをします。ただこの部屋の魔物だけはできれば拘束をしておきたいと思っております」

　まぁこれだけの戦力だから、縛りつけることくらいは余裕だろう。

「これからが本番なのですが、戦闘場所は一層と二層の間、つまり階段を考えております。恐らく蟻一匹を攻撃した時点で、大半の蟻は一層を目指してくると思われます。そこでマルスに階段付近に《トルネード》を放ってもらい、蟻たちを攻撃します。ここまで良いですか？」

ジークがラルフとカーメル辺境伯に確認すると二人とも頷く。

「《トルネード》一発ではそれなりにダメージを与えることはできても倒しきれないと我々は思っております。大量の蟻のため、《トルネード》の威力が弱まり、蟻たちがトルネードを抜け出して一層に入ってくると思われます。その一層に入ってきて弱っている蟻たちを、私たちが殲滅しようという作戦です」

「さすがにマルス君一人でずっと階段に魔法を撃ち続けるのは無理じゃないか？」

「ええ。もしもマルスのＭＰが切れた時には土魔法や水魔法で階段を塞ごうと思っております。ですから土魔法と水魔法を使える者は全員ＭＰを消費しないように行動します。三時間粘ることができればマルスのＭＰが多少戻ると思うので、その後は状況を見てからの判断ということになってしまいますが……また退路の方も確実にするために我々以外の冒険者の迷宮《ダンジョン》への侵入を禁止にしていただきたいです他の冒険者が一匹残しの魔物を倒してしまう可能性がございますので。彼らには万が一を考えて迷宮《ダンジョン》前に待機してもらえるといいのですが……」

「分かった。ジークの案でいこう」

ラルフの了承を得たところで、今のジークの言葉に補足する。

「僭越《せんえつ》ながら申し上げます。今お父様が仰ったことはバーンズ様が戦闘に参加する前提での話となります。バーンズ様が戦闘に参加なさらないのであれば、どうにかして戦闘に参加するように巻き込むというのも手ではないでしょうか？　おそらく我々だけでは間違いなく全滅してしまうと思いますので……」

「というと……アルメリアの街で戦うということか……」

俺の言葉にカーメル辺境伯が相槌《あいづち》を打つ。

「はい。もしも我々が全滅し、バーンズ様だけで蟻の大群と戦った場合どうなるでしょうか？　たとえバーンズ様が勝ったとしても、アルメリアの街はとてつもない被害を受けると思うのですが」

「確かに……迷宮《ダンジョン》での戦いが少しでも厳しいと思ったら、早めにアルメリアの街に戻ってバーンズと共闘するというのが最善策かもしれないな……」

「バーンズ様をもう一度説得していただけませんでしょうか？」

「……無理だな……少なくとも私では。今からマルス君一人で行ってもらっていいかな？　バーンズが唯一ここで認めた人間だからな。私が何を言ってもことの大きさに気づいてもらえないかもしれないが、マルス君が言ってくれれば、もしかしたら説得できるかもしれない」

一人で行くのはさすがに怖い……けどカーメル辺境伯の依頼だしなぁ……。

「畏《かしこ》まりました。それではバーンズ様とお話しさせていただきます」

結局明日の作戦は、先ほどの戦い方でピンチになったら、いやピンチになる前に撤退し、なんとかバーンズを巻き込み市街戦をすることになった。

「何の用だ？　もうお前と話すことはないと思うが？」

なぜかバーンズは部屋の中にはおらず、部屋の前にいた。

「はい。どうしてもアルメリア迷宮《ダンジョン》に同行していただきたくお願いに参りました」

「くどい！　俺は迷宮飽和が起きたら手を貸す。だがそれまではここを離れる気はない！」

「僕たちがアルメリアの迷宮《ダンジョン》で全滅してしまうとこのアルメリアの街もかなりの被害を受けるかもしれません。ですが一緒に共闘できればアルメリアの街が被害を受けるという可能性も低くなると思います」

「別に俺はこの街がどうなっても構わん。ただ契約のために手を貸すだけだ。もしお前たちが全滅したら俺はここを出ていくだけだ」

　うーん。なんかバーンズが言っていることがめちゃくちゃな気がするのは俺だけか？　ここから離れる気がない……だけど街はどうなってもいい……俺が少しその場で思慮を巡らしていると、バーンズの後ろから一匹のライオンが現れた。

　そのライオンの頭には赤いリボンがついていた。そして左目が潰れている……というわけではないかもしれないが、かなりの傷を負っている。もしかしたら、バーンズと同じ部屋にいたのはこのライオンだったのか？　だけどこの前バーンズは女の子と呼んでいたはずだが……。

「おい、もう帰れ。フローラを呼んでくるまで俺はここから動かん」

「最後に。フローラ様を連れてきてバーンズ様は何をなさるつもりですか？」

「知れたことよ。このエリーの呪いと傷を治させる」

バーンズはそう言うと、赤いリボンのライオンの方を見る。このライオンがエリーというのか。

うん？　傷を治す？　っていうともしかしてフローラは？

「もしかしてフローラ様は神聖魔法が使えるのですか？」

「あぁそうだ。だから俺はリスター連合国ではなくバルクス王国に入ったのだ。まだこの国にはどこの国にもパーティにも属していない神聖魔法使いがいると聞いていたからな」

「フローラ様は凄い神聖魔法使いなのですね。呪いを解けるとは」

「まさか。聞いた話によるとフローラは《ヒール》しか使えん。まぁ今はもう少しまともになっているかもしれないが。ただ過去に神聖魔法使いが呪いを解いたことがあるというのを聞いたことがあるからな。解呪できるまでやらせるさ」

バーンズは俺をギロリと睨むとさらに続ける。

「おい。もしお前がどこかでフローラを見つけたら俺の所に連れてこい！　いいな？」

「分かりました。ですがこの街がなくなってしまうと、バーンズ様がどこにおられるのかが分からなくなってしまいますが……」

今度はバーンズが逡巡《しゅんじゅん》しているようだ。もしかしたらもう一息か？

「僕はお父様にリスター連合国のリスター国立学校に行くように言われております。その際、様々な場所に立ち寄ってフローラ様を探すことは可能ですが……どう致しましょうか？」

「おい。マルスだったか？　明日また来い！」

バーンズが部屋に戻り、赤いリボンをつけたライオンがバーンズの後を追う。

明日までに考えるのであろう。恐らくバーンズはあまり身動きが取れない。それはエリーがいるから。彼女を守りながら他の街を転々とするのは無理だろう。だから自分でフローラを……神聖魔法使いを探しに行くことができない。

俺のことを少しでも信用してくれれば、先ほどの提案を受け入れてくれるかもしれない。

それに俺も帰ってからジークに相談することがある。神聖魔法を使えるということをバーンズに教えてもいいかだ。

俺が呪いを解ければ、この場で解呪をしてもいいかもしれないが、そのような魔法を知らない。

最悪のパターンは、俺がエリーの傷を治すことによって、神聖魔法が使えるということを知られてしまい、解呪するまでずっと監禁されてしまうことだ。

俺は考えを巡らせながら、屋敷に帰った。


「そういうことか……俺はマルスが神聖魔法を使えるということを教えるのは反対だ。バーンズ様ももしかしたら俺と同じ考えなのかもしれない。もしそのエリーというライオンがバーンズ様にとって最も大切な者であるのであれば、アルメリアのことよりもエリーを選ぶだろう。エリーのためにマルスをどう扱うかなんて想像に容易い。やはり市街戦を選択する他はないか……」

屋敷に戻った俺は、バーンズの会話をジークに報告すると、予想通りの答えが返ってきた。

「そうですね。ただ市街戦となるとどのタイミングで迷宮《ダンジョン》から撤退をするかも重要となります。

少しでも迷宮《ダンジョン》で粘れれば、アルメリアの街に被害を及ぼす可能性も低くなりますし……」

「そうだな。できればこの判断は父さんがしたい。特に今回の迷宮《ダンジョン》参加者のほとんどはイルグシアの人間だからな。イルグシアの住人の命を他人に任せるというのは、ちょっとな……結局撤退判断はカーメル辺境伯かラルフが決めるのだろうが、少しでも口を挟めるようになんとかしてみる。一つ聞きたかったのだが、マルスはどの程度の脅威度の魔物なら倒せる？」

「僕一人であれば脅威度Ｂ$^{-}$の敵で相性次第で勝てるという感じですかね……僕は一人の強敵よりも大量の雑魚敵を相手にする方が得意なのだと思います。恐らくバーンズ様は僕の逆かなと」

「マルスでもＢ$^{-}$か……敵はどのくらいの強さだと思う？」

「ラルフさんの話では一番弱いキラーアントで脅威度Ｄ。ゴブリンの場合、一番弱いゴブリンが脅威度Ｇ、一番強くてＣ$^{+}$です。そう考えると最低でもＣ$^{+}$よりも強いのは確実かと。僕の考えでは脅威度Ｂ以上だと思っております」

「それは……やはりバーンズ様は必須か……分かった。もうご飯にしよう」


「お父様。一緒に迷宮《ダンジョン》に潜っていただいてもよろしいですか？」

食事を終え、リラックスしているジークに問う。

「ああ。構わないが、どうした？」

「明日の戦いの前に見ていただきたいものがございまして。できればお母様とアイク兄も。クラリスは知っていると思うが、一緒に来てもらえると助かる」

突然の提案にも拘らず、みんな俺の提案に頷いてくれた。

「な、なんだ今のは……雷か？　でも金色？」

「轟音、振動、威力。どれも初めての体験だ」

《纏雷》をジークたちに見せたときのリアクションがこれだ。

「はい。これは雷魔法です。バーンズ様に脅されたときに習得した魔法で、威力は御覧の通り。弱点はまだこの魔法をコントロールすることができず、クラリス以外の近くでは唱えることができないということです」

「なぜクラリスの近くでは唱えることができるのだ？」

当然の疑問をジークが投げかけてきたので、クラリスの手を取り、皆から離れ、《纏雷》を使う。

「な、なんと……クラリスまで金色に？」

「はい。何故かクラリスだけは《纏雷》のターゲットにならないのです」

驚くジークに曖昧な理由を述べる。一緒に亜神様の雷に撃たれたからなんて言えないからな。

「装備品の効果ではないのか？」

俺と同じことを思ったアイクが質問してくる。

「以前マルスも同じこと聞いてきたので、装備を外して試しましたが、変わりませんでした」

少し頬を赤らめたクラリスが答える。きっと脱いでくれと言ったときのことを思い出しているのであろう。

「もしものときはこの魔法を使うつもりです。そのときはクラリス以外僕から離れるよう指示を出していただけませんか？」

「ああ。そうだな。使い所を間違えなければかなり有効だな。マルス、教えてくれて助かった」

「だからマルスはクラリスと二人で迷宮《ダンジョン》に潜っていたのか……俺はてっきりデートでもしているのかと思っていた……すまんなマルス」

感謝するジークに納得するアイク。やはりアイクにクラリスとの迷宮《ダンジョン》デートはバレていたか。

「あと、クラリスは《キュア》という毒を解毒する魔法を覚えたので、それも頭に入れておいてください。僕も帰ったらクラリスに教えてもらうつもりです」

「なんと⁉　少し見ない間にとんでもない成長をしているな。分かった。明日も早い。もう帰ろう」

屋敷に戻り、クラリスに《キュア》を教えてもらうという名目で、寝るまで一緒に過ごした。

第14話 アント掃討作戦

アント掃討作戦当日。バーンズの下へ向かった。

ジーク、マリア、アイク、【蒼の牙《ブルーファング》】、【赤き翼《レッドウィング》】、【黒い三狼星】は先に迷宮《ダンジョン》に向かっている。一層最深部までの敵を予め一匹残しで進み、俺が合流したらすぐにでも戦えるようにだ。クラリスだけは俺と一緒に迷宮《ダンジョン》に潜るため、カーメル辺境伯と一緒に奴隷商の前で待機している。

ちなみにカーメル辺境伯は守る余裕がないため、同行を遠慮してもらった。またギルドマスターのラルフにはこの街の冒険者を迷宮《ダンジョン》に入らせないように、また市街戦の時のために、迷宮《ダンジョン》の外でこの街の冒険者と一緒に待機してもらうことになった。

これはジークが撤退の判断を決めるために考えた手だ。カーメル辺境伯とラルフがいなければ必然的に撤退の判断はジークがすることになる。

「おい、この子を見定めてみよ」

姿を現した俺にバーンズが命令する。この子というのは赤いリボンをしたライオン。確かエリーと呼ばれていたな。言われるがままエリーを鑑定する。

【名前】エリー・レオ
【称号】ー

【身分】獣人族・奴隷
【状態】呪い
【年齢】八歳
【レベル】1
【ＨＰ】20／20
【ＭＰ】6／6
【筋力】13
【敏捷】13
【魔力】2
【器用】10
【耐久】10
【運】10
【固有能力】音魔法　Ｇ（Ｌｖ0／5）
【特殊能力】短剣術　Ｃ（Ｌｖ0／15）
【特殊能力】体術　Ａ（Ｌｖ1／19）
【特殊能力】風魔法　Ｆ（Ｌｖ0／8）

な、なんだこいつ……。

固有能力って転生者以外でも持っているのか？　それともこいつも転生者か？　それにやはり状態が呪いとなっている……目の状態も悪そうだし……これでＨＰはＭＡＸなのか。

「鑑定させていただきました」

「どうだ？　エリーは。何か分かるか？」

「呪われているということは分かりましたが、それ以外は何も……」

エリーが音魔法の才能があるのを隠した。バーンズが知ったらどうなるか分からないからな。

「そうか、分かった。あと今回の迷宮《ダンジョン》の件だがな、俺はやはり潜らない」

「そう……ですか……」

「だが、積極的に街の防衛はしよう。ただしエリーを安全で俺の視界の届くところに置いてもらう。いいか？」

「僕には決定権がございません。近くにカーメル辺境伯がいらっしゃいますので、辺境伯に聞いてみます」

外にいるカーメル辺境伯を呼んでバーンズの話をすると、カーメル辺境伯はバーンズの要求を当然のように呑んだ。

バーンズが迷宮《ダンジョン》の外で確実に待機してくれるというのであれば、かなり勝算が高いと思われる。

俺はクラリスと共にジークたちの待つ迷宮《ダンジョン》へ向かった。

「お待たせしました」

ジークたちのもとに行くと、すでに戦闘準備が整っていた。

「どうだった？」

「バーンズ様は迷宮《ダンジョン》には来てくれませんが、市街戦には積極的に参加してくれるとのことです」

「そうか。撤退判断は早めにするとしよう。早速アント掃討作戦を実行しようと思うがみんな準備はいいか？」

　それぞれの得物を構え、皆が頷く。

　ちなみにここに居る全員とは俺、クラリス、アイク、ジーク、マリア、【蒼の牙《ブルーファング》】、【赤き翼《レッドウイング》】、【黒い三狼星】だけだ。アルメリアの冒険者たちも呼べばいいと思うかもしれないが、それは俺とクラリスの神聖魔法がバレないようにするためだ。だからすでにこの三パーティにはクラリスが神聖魔法使いというのを教えている。皆の反応はというと、なんとなくそんな気はしていたとのこと。

「ではアイクとマルスやってくれ。皆も回復薬《ポーション》と魔力回復薬《マジックポーション》を予め飲んでおくように！」

　俺たちも回復薬《ポーション》と魔力回復薬《マジックポーション》を飲み、二層へ潜ると、蟻たちの蠢く音が聞こえてきた。

「マルス！　誰か蟻と戦っていないか？」

「ええ！　囲まれていますが！」

「助けに行くぞ！」

「少し待ってください。戦っているのは人ではないと思います」

　よく見るとグリズリーベアが蟻たちと戦っていた。

「魔物同士で戦っていますが……どういうことでしょうか？」

「俺もあまり迷宮《ダンジョン》に詳しくはないからお父様に聞いてくる」

と、アイクがジークを連れてくる。

「初めて見たな……迷宮《ダンジョン》の魔物同士で戦うということはないと思うのだが……」

グリズリーベアの方が強いが多勢に無勢にもほどがある。あっという間にグリズリーベアが蟻たちに喰われてしまった。

「考えていても仕方ない。少しでも蟻たちにダメージがあるうちにやってしまおう。アイク、マルス頼む」

ジークの言うことはもっともだ。アイクと示し合わせ魔力を込める。

「いくぞ！《ファイアボール》！」

火の玉が蟻たちに着弾したと同時に、《ファイアストーム》でさらに火を燃え広がったのを確認すると、すぐに一層に戻る。

一層に来るためには必ず階段を使う必要があるから、ワニワニパニックのように上からひたすら叩く作戦だ。ワニワニパニックと違う点は、出てくる場所が決まっているため、俺たちはそこにだけ気を付ければいいということだ。

一方の蟻たちはというと、俺たちの攻撃がすると同時にこちらに向かって突撃してくる。《ファイアボール》や《ファイアストーム》の火を纏いながらだ。

しかし火を纏った蟻たちは途中で絶命し、動き回ることによってさらに火が拡散する。二層の階段付近にいた蟻たちはすべもう灰になっていた。

それでもお構いなしに突撃してくる蟻たちに、《トルネード》を放ちダメージを与えていく。

後ろから蟻が押し込んでくるため、《トルネード》から押し出された蟻たちがどんどん階段から溢れてきた。そこをアイクたち前衛チームが刺し殺していく。

クラリスは壁伝いに迫ってくる蟻を魔法の弓矢《マジックアロー》で射ち落とす。これはかなりいい調子だ。

今のうちにキラーアントを鑑定してみる。

【名前】―
【称号】―
【種族】キラーアント
【脅威】D
【状態】良好
【年齢】一歳
【レベル】1
【HP】10／66
【MP】1／1
【筋力】30
【敏捷】35

【魔力】1
【器用】1
【耐久】33
【運】1

ゴブリンジェネラルと同じくらいのステータス。今はＭＰのことを考えて普通の《トルネード》にしているが、《ウィンドカッター》を仕込めばそれだけでも倒せるかもしれない。

「よーし！　思ったよりもいい感じだ！」

順調に蟻たちを倒していると、ジークが皆を鼓舞する。これはフラグというものではないだろうか？　するとやはり《トルネード》にでかい獲物が引っ掛かった。質量が倍以上あり、明らかにキラーアントよりも強そうだ。

「でかいのが来ます！」

階段の下からキラーアントよりもでかい蟻が上がってきた。《トルネード》のおかげでダメージは通っているが、かなり強く、油断はできない。

【名前】ー
【称号】ー
【種族】マザーアント

【脅威】C
【状態】良好
【年齢】一歳
【レベル】2
【HP】82／125
【MP】4／4
【筋力】68
【敏捷】70
【魔力】1
【器用】1
【耐久】65

「こいつはマザーアントという魔物です！　脅威度はC！　気を付けてください！」

クラリスが魔法の弓矢《マジックアロー》を射るも、耐久値の高いマザーアントになかなかダメージは通らない。

俺も《トルネード》を唱えながら《ウィンドカッター》で攻撃するが、あと少しのところで倒せない。その間にマザーアントが前衛の【黒い三狼星】に襲い掛かるが、ガイがマザーアントのお尻の針に刺され毒に侵されてしまった。

見かねたアイクが自分の持ち場を離れて、マザーアントの頭に槍を突き刺し仕留める。

「クラリス！　ガイが毒を！」

　すぐにクラリスがガイに駆け寄り、優しい光がガイを包む。解毒薬を持ってきてはいるが、これは迷宮《ダンジョン》の罠用の解毒薬。毒といっても種類はあるわけで同じ解毒薬が効くなんてことはない。予めジークがクラリスの神聖魔法を周知してくれていて助かった。

　しかしこれによって戦線が緩み、かなりの蟻が一層の部屋へとなだれ込んでしまった。

《トルネード》に《ウィンドカッター》を仕込み、これ以上部屋に蟻が侵入しないように切り刻む。その間にアイクたちが部屋にいる蟻たちを倒す。

　部屋には蟻の死体の山が。それをジークやマリアたち魔法使いが部屋の隅に運び、アイクが火魔法で燃やす。大量ではないが油も用意してきたため効率よく燃やせ、部屋の一部は焼却炉のようになっている。

「ふぅ……なんとか凌《しの》いだか……デカいのがきたら、アイクに処理してもらう。前衛はひたすら小さいのを狙ってくれ！　クラリスもデカいのが来たらアイクと一緒に攻撃を頼む！」

《トルネード》に《ウィンドカッター》を仕込むのをやめ、また先ほどまでの作戦に戻る。《ウィンドカッター》を仕込めばそれだけでキラーアントを倒せると分かったのはいいが、さすがに消費ＭＰが倍の１００だからな。慎重にならざるを得ない。

　少し余裕ができたので俺はジークにアルメリア迷宮《ダンジョン》のことを聞く。

「二層は一層よりも広いですか？」

「三層までは一層と大きさがあまり変わらないらしいぞ」

蟻たちが二層にぎっちり入っていたとしたら、まだまだ先は長いな。

ただ悲観することばかりではなかった。戦闘するうちに左手で《トルネード》を制御し、右手でミスリル銀の剣を持ち、前衛に参加できるようになっていた。そもそも他の風魔法で同じことができていたのだから、もともとできた可能性もあるが、《トルネード》を唱えながら剣で戦闘という機会はなかったからな。《トルネード》も無詠唱で発現できるようになった。

さらにこれだけ蟻たちを倒しているので、全員のレベルが上がっている。

ジークたち魔法使いも、蟻を燃やしながら止めをさしていたからな。この状態が続けばさらに皆のレベルが上がり、戦闘も少しは楽になる。そうすればこのまま押し切れるかもしれない。

「みんな調子はどうだ？　疲れてきたか？」

しばらく蟻たちを倒し続けていると、ジークが皆を気遣う。この間にマザーアントが何体か上がってきたが、俺とアイク、クラリスの三人で対応していた。

「大丈夫です！」

「まだまだいけます！」

「二、三日は余裕です！」

みんなの心強い言葉が返ってくる。

本当は俺も同じように答えたかったが、ここはしっかりと自分の現状を伝える。

「お父様、僕のＭＰが三分の一くらいになってしまいました。このままでいいですか？」

今の俺だと、一発の《トルネード》が持続するのは十五秒くらい。これでも覚えたての頃よりかは持続時間が増えている。一分で消費するＭＰは２００。三十分以上も戦っていれば枯渇するに決まっている。

「よし！　では次にマザーアントが上がってきたら倒して階段を塞ごう！　マルスのＭＰが回復したらまた階段を開通させるから、みんなもそのつもりで！」

階段を塞ぐというのは土魔法で階段を埋めるということだ。ジークはこの時のためにＭＰを残しているといっても過言ではない。

すぐにキラーアントと一緒に二匹のマザーアントが上ってきた。

「お父様！《ファイアストーム》を使います！　皆さんも下がってください！　ＭＰが枯渇するまで唱え続けますので、お父様とお母様はその後のことをお願いします！」

両手を掲げ炎の嵐を階段に発現させると、あっという間に蟻たちは燃え上がる。そしてそのまま炎の嵐を二層まで移動させる。恐らく階下は地獄絵図となっているだろう。ＭＰが続く限り発現させ、少しでも蟻たちの数を減らす。

ＭＰが三桁を切ったところで、ジークとマリアに合図を送ると、二人は《石壁《ストーンウォール》》と《氷壁《アイクウォール》》を交互に唱え、階段を塞ぐ。

「《石壁《ストーンウォール》》！」

「《氷壁《アイクウォール》》！」

「《石壁《ストーンウォール》》！」

「《氷壁《アイクウォール》》！」

「《石壁《ストーンウォール》》！」

　まるでミルフィーユのように連ねられた壁は圧巻だった。

「よし！　みんな三時間休憩だ！　もしものことがあるから、いつでもここから脱出できる準備だけはしておいてくれ。【黒い三狼星】は不測の事態の時にマルスを運んでもらうことになるからしっかりと休んでおくように！　【蒼の牙《ブルーファング》】は、すまないが外にいるラルフに今から休憩に入るということを伝えてくれ。三時間後にまた再開するつもりだと」

　ジークが皆に指示を出している間に、俺はクラリスのもとを目指す。クラリスも俺が来るのが分かっていたのか、壁際で座り待ってくれていた。

「お疲れ様。まだまだこれからだからゆっくり休もう」

「そうだね。おやすみ」

　クラリスの左手を取り、肩を寄せ合い、二人で眠りについた。


　目が覚めると数人の視線を感じた。恐る恐る瞼を開くと、目の間にはジークとマリアが。

「おはようございます。どうしたのですか？」

「おはよう。マルスもやるわね。クラリスみたいないい子を。お母さん安心しちゃった」

「まさかこんなにも早く息子に見せつけられるとはな」

　確かにこうやって寝ているとそう思うかもしれないが、それを二人で見るなんていい趣味してるな。おかげで俺よりも先に起きているであろうクラリスが、なかなか目を開けることができずにいる。

「階段の方は大丈夫なのですか？」

話題を逸らすとすぐにシークが真顔に戻る。

「今最後の《氷壁《アイクウォール》》が割られたところだ。あと二、三十分で最後の《石壁《ストーンウォール》》が割られるだろう。起こしにきたら二人の微笑ましい姿が……すまないな、揶揄うつもりなんてなかったんだ」

ジークはそうかもしれないが、こっちの人は違う。

「うんうん。でもクラリスが起きなかったら分かっているわよね？　お姫様を起こすには王子様のキスが必要なのよ？」

マリアの言葉に俺の右手が急に熱を帯びる。熱の根源はクラリスの左手。そっとクラリスの方をみると顔はもう真っ赤だ。これは完全に起きているとマリアに……いやみんなにバレているな。

「まぁそういうことだ。クラリスが起きたら来てくれ。行くぞ！　マリア」

ジークが強引にマリアの手を取り、去ってくれた。

「クラリス。もう大丈夫だよ」

寝たふりをしているクラリスに囁《ささや》く。

「……私が起きたらもう誰かが私たちを見ていて……そしたらマリアさんで……目を開ける機会を失っちゃって……」

ぽつりぽつりと照れた声が右から聞こえる。まぁジークとマリアの立ち振舞いに余裕があると、他のみんなもリラックスできるからな。少しはそれを狙ってのことだろう。

おかげでクラリスの照れた表情も見られたしね。クラリスには悪いが良しとしよう。

「戻りました！」

クラリスの手を取りみんなの所に戻ると、全員が真剣な表情で最期の《石壁《ストーンウォール》》を見ている。

この三時間で皆のＭＰは回復し、ほぼ万全の状態だ。まぁ三時間前にＭＰが減っていたのは俺とクラリス、アイクくらいで、ジークとマリアは最後に階段を封じただけだからな。

「来るぞ！」

最後の《石壁《ストーンウォール》》が破壊され、真っ先に出てきた蟻は今までと色が違った。キラーアントは黒なのだが、目の前の蟻は赤だ。

【名前】－
【称号】－
【種族】ガードアント
【脅威】Ｄ
【状態】良好
【年齢】一歳
【レベル】１
【ＨＰ】75／75

【MP】1／1
【筋力】35
【敏捷】38
【魔力】1
【器用】1
【耐久】40
【運】1

キラーアントを少し強くした程度。やれない相手ではない。

「名前はガードアント！　脅威度はDです！」

先ほどと同じように《トルネード》で蟻たちを飲み込む。

それに合わせて皆で蟻たちを倒している中、クラリスが弓を射ながら推察する。

「ガードって盾……盾はシールド……じゃあガードは親衛隊……？　マルス、もしかしてガードアントがここにいるということは、ガードアントが守るべき蟻が近くにいるということではないかしら？　より一層注意をした方がいいかもしれないわね」

「そうだな。《トルネード》に変なのが引っ掛かったら教える」

このガードアントを少し見くびっていた。キラーアントより少し強い程度だろうと思っていたが、攻撃方法のバリエーションが一つ追加されていた。

キラーアントは鎌のように鋭い手で斬りかかってくるか大きな口で噛んでくるかで、マザーアントはそれに尻尾の針で刺してくる攻撃もあったが、ガードアントは口から酸のようなものを吐き出してきたのだ。

俺はとっさに《風纏衣《シルフィード》》を展開して酸を吹き飛ばしたが、【蒼の牙《ブルーファング》】リーダーのバンが酸を直接くらってしまったらしく、体の一部が火傷していた。

「マルスとアイクは優先的にガードアントを倒してくれ！　他の者はキラーアントだ。クラリスはどちらか厳しそうな方の応援を頼む！」

このジークの指示に従ったのは、いや、従えたのは俺とアイク、そしてクラリスだけだった。

俺とアイクの前にキラーアントが出てきても、キラーアントを倒してからガードアントを倒しに行ける。

しかし【蒼の牙《ブルーファング》】、【赤き翼《レッドウイング》】、【黒い三狼星】の前にどの蟻が来ても、この三パーティは目の前の敵で精一杯なので、キラーアント優先とか言っていられないのだ。

従って魔法の弓矢《マジックアロー》はずっと三パーティの方に射られ続け、クラリスの《ヒール》の回数も増えた。

瀕死状態のガードアントも厄介だ。今までは瀕死状態の蟻は放っておいても無害だったのだが、ガードアントは酸をまき散らす。先ほどまでと違い、今では皆おっかなびっくり止めを刺す。

それに蟻を焼くのにも酸を吐かれ、火が消えてしまうこともしばしば。これではアイクのＭＰが必要以上に削られてしまう。

《トルネード》に《ウィンドカッター》を仕込み、なんとか態勢を整えようとしたところに、マザーアント二体ともう一体、また別の蟻が引っかかる。

どうやらこの蟻を守るように、ガードアントがわらわら二層から上がってきているようだ。

「多分ボスみたいなのが上がってきます！　マザーアント二体とガードアントも大量に上がってきます！」

その蟻はマザーアントよりも大きく、ガードアントよりも赤い。その赤は迷宮《ダンジョン》のボス部屋のような赤だった。

【名前】－
【称号】－
【種族】クイーンアント
【脅威】B^{-}
【状態】良好
【年齢】三歳
【レベル】1
【HP】204／287
【MP】5／5
【筋力】102

【敏捷】72
【魔力】1
【器用】1
【耐久】120

脅威度B$^-$だ！　《ウィンドカッター》を仕込んだ《トルネード》でも三分の一も削れていない。

「お父様！　これはまずいです！　撤退の決断を！」

これを相手にするのは分が悪い。雷魔法をぶっ放すか、地獄の蛇《ヘルスネーク》戦のときのようにクラリスと共闘するか。いずれにせよここで他の蟻を相手にしながらこいつと戦うのは危険だ。

「今から撤退をする！　【蒼の牙《ブルーファング》】、【赤き翼《レッドウィング》】、【黒い三狼星】の三パーティは目の前の敵を倒したら、即撤退だ！　アイクはマルスとクラリスをサポートしながら撤退だ！」

ジークの指示に皆が一斉に動く。俺は《トルネード》はそのままに、三パーティの周囲の蟻を倒し、撤退を援護する。クラリスも徐々に後退しながら魔法の弓矢《マジックアロー》を射続ける。

各パーティの魔法使いはもうすでに通路まで撤退が完了し、三パーティの他の者たちもジークとマリアを守るように通路を目指す。

俺とクラリスとアイクも撤退を始めるが、クイーンアントが何かをまき散らしながら突っ込んでくる。その何かに触れたガードアントは「シュー」といった音を立てて溶けていく。

近づかれたらヤバい！

（《ウィンドインパルス》！）

階段付近の《トルネード》を解き、《ウィンドインパルス》をクイーンアントにぶち当てる。吹っ飛ばすことはできなかったが、後退させることはできた。

その隙に俺たちも通路まで走る。

「よし！　皆揃ったな！　先頭を三パーティ！　殿をアイク！　マルス！　クラリスで頼む！」

「お父様！　先に撤退してくれませんか？　僕は試したいことがあります！」

俺たちを待っていたジークに、意見を述べる。

「……分かった！　だが無理はするな！」

俺が何をしようとしているのか、ジークもなんとなく分かったのかもしれない。

「お義父様！　私もマルスと残ります！」

それはジークだけでなくクラリスもだった。

「助かる！　クラリス！　マルスを頼む！　では行くぞ！」

通路の中腹まで皆と一緒に走り、俺とクラリスはそこで足を止め、振り返る。そこには大量の蟻たちが、通路を埋め尽くすようにこっちに向かう光景が広がっていて、思わず鳥肌が立ってしまう。

先頭にいる蟻たちを《ウィンド》で足止めし、クイーンアントが来るのを待つ。やがてクイーンアントが目の前の蟻たちを跳ね除けて先頭に立つ。相変わらず口から何かをまき散らし、無差別に周囲の蟻を溶かしている。

「クラリス、失敗しても《ウィンドインパルス》で抑え込みながら逃げられるから安心してくれ」

「分かっているわ。でもマルスならできるから大丈夫」

　クラリスに勇気づけられ放つ魔法は、当然雷魔法。

「《纏雷》！」

　金色の魔力が俺を包む。しかし今回はこれで終わりではない。この魔力を放出するのだ。《纏雷》を俺の右手に収束するイメージで魔力を溜める。サーシャに教えてもらった《ウィンドインパルス》の要領だ。徐々に右手を包む金色のオーラが濃くなっていくと同時に、魔力が溜まっていくのが分かる。

　よし！　これだけ溜まれば十分だ。あとはこの魔力をぶっ放すだけ！

「いっけぇぇぇえええ！！！　《ライトニング》！」

　前に掲げた右手に左手を添えながら魔力を放出すると、赫灼《かくしゃく》たる金色の閃光《せんこう》が太陽のように通路を強く照らした。その刹那《せつな》、轟音と共に地面を揺らす。

　その威力はクイーンアントの巨体を衝撃でひっくり返し、【状態】感電（極大）にした。自力では手も動かせないようだ。

　周囲の蟻たちもすべて死んでおり、さらには衝撃で吹っ飛び、周囲の蟻を巻き込んで、壁に叩きつけられひしゃげた蟻までいた。

「す、凄い……」

呆然とするクラリス。確かに今のは凄かった。蟻たちがあと少ししかいないのならば、ここで今の魔法を連発すれば勝てるとも思ったが、消費ＭＰも規格外。なんと１０００！　無茶はできない。

ちなみに《ライトニング》と命名したのはカッコいいからだ。

「よし、成功した！　クイーンアントに止めを刺して戻ろう！」

《ファイア》で感電しているクイーンアントを燃やし、その炎が蟻たちの死体に燃え広がるのを見届けてから撤退する。

「クイーンアントって女王アリよね？　ってことはもう私たちの勝ちなのかしら？」

走りながら聞いてくるクラリスに、自分なりの考えを伝える。

「多分まだだ。階段から蟻たちが上ってきているからな。でも普通に考えて、女王アリは守られる存在のはずだから、前線に来ないと思うのだが……」

「そうね……もしかしたらアルゼンチン蟻みたいな女王アリがたくさんいるってこともありえるわね」

「ああ。とにかく早く戻ろう」

蟻たちが蠢く音を背中に迷宮《ダンジョン》を駆け抜けた。

第15話　総力戦

「怪我は？　なんともないか？」

迷宮《ダンジョン》から出るとジークとマリアがすっ飛んできてくれた。ジークは声をかけてくれ、マリアは両手を広げ、俺とクラリス二人を一緒に抱き寄せる。

「大丈夫です。な？　クラリス？」

「ええ。心配いただきありがとうございます」

俺とクラリスの言葉にホッとしたのか、マリアは安堵《あんど》のため息を漏らす。

「蟻たちはどうした？」

「はい。クイーンアントは倒しました。ですがまだこっちに何体も向かってきているかと」

全員脱出したのを確認したラルフたちギルド職員が、迷宮《ダンジョン》の扉を固く閉ざしているのを見ながら答える。あれだけ頑丈そうな扉であればかなりの時間耐えることができるだろう。その扉だけでも安心できたが、それ以上に迷宮《ダンジョン》を囲む冒険者の数にも驚いた。余裕で百は超えている。よく見るとイルグシアにいた冒険者たちも来ていた。これなら相当数相手にできるな。

「そうか！　クイーンアントを倒したか！　脅威度B^{-}と言っていたな！　それを倒せるなんてよくやった！」

手を叩いて喜ぶジークに俺も嬉しくなるが、念には念を入れておかなければならない。

「ありがとうございます。しかし下手をすればまだ三分の一も倒してないかもしれないので、今後に備えて少し休ませてもらってもいいですか？」

「ご苦労だった。迷宮《ダンジョン》に潜っていた者たちのために迷宮《ダンジョン》の近くの宿をとってある。少ししか休めないかもしれないが、ジーク卿と一緒に休みなさい」

俺の言葉に答えたのはジークではなく、こちらに歩いてくるカーメル辺境伯だった。

「ありがとうございます。ではこれにて」

カーメル辺境伯の厚意に甘え宿を目指す。どうやらアイクや三パーティは先に休んでいるようだ。

それにしても今日だけでかなり成長したな。宿に向かいながら自身を鑑定してみる。

【名前】マルス・ブライアント
【称号】風王／ゴブリンスレイヤー
【身分】人族・ブライアント子爵家次男
【状態】良好
【年齢】八歳
【レベル】23（＋２）
【ＨＰ】１４０／１４０
【ＭＰ】５８９０／８０１０

【筋力】91（＋7）
【敏捷】98（＋8）
【魔力】142（＋9）
【器用】124（＋9）
【耐久】88（＋7）
【運】30
【固有能力】天賦（LvMAX）
【固有能力】天眼（Lv8）
【固有能力】雷魔法　S（Lv2／20）（1→2）
【特殊能力】剣術　B（Lv8／17）（7→8）
【特殊能力】火魔法　F（Lv6／8）
【特殊能力】水魔法　G（Lv3／5）
【特殊能力】土魔法　G（Lv4／5）
【特殊能力】風魔法　A（Lv15／19）（14→15）
【特殊能力】神聖魔法　C（Lv6／15）
【装備】ミスリル銀の剣
【装備】風の短剣《シルフダガー》
【装備】偽装の腕輪

雷魔法の才能がＳだからなのか、覚えて数日でもうレベル２だ。剣術が上がったのも嬉しい。
次にクラリス。クラリスも魔法の弓矢《マジックアロー》で大活躍だったからな。

【名前】クラリス・ランパード
【称号】ー
【身分】人族・ランパード男爵家長女
【状態】良好
【年齢】八歳
【レベル】27（＋２）
【ＨＰ】１２８／１２８
【ＭＰ】１０８／６３４
【筋力】55（＋４）
【敏捷】59（＋４）
【魔力】81（＋６）
【器用】89（＋６）
【耐久】54（＋３）
【運】20
【固有能力】結界魔法　Ｇ（Ｌｖ１／５）

【特殊能力】剣術　C（Lv4／15）
【特殊能力】弓術　B（Lv8／17）（7→8）
【特殊能力】水魔法　C（Lv3／15）
【特殊能力】風魔法　G（Lv1／5）（NEW）
【特殊能力】神聖魔法　A（Lv8／19）（7→8）
【装備】ディフェンダー
【装備】魔法の弓矢《マジックアロー》
【装備】聖女の法衣《セイントローブ》
【装備】神秘の足輪《ミステリアスアンクレット》
【装備】誓愛の髪飾り
【装備】偽装の腕輪

　クラリスはなぜか使ってもいないはずの風魔法を覚えていたが、もしかしたらそれは魔法の弓矢《マジックアロー》のおかげかもしれない。魔法の弓矢《マジックアロー》には風魔法が付与《エンチャント》されていると書いてあったからな。

　宿に着き、魔力回復薬《マジックポーション》を飲んで、軽く風呂に入ってさぁ寝ようというときに、激しく扉を叩く音と俺を呼ぶ声が。声の主は先ほど別れたばかりのジークだった。

「マルス！　起きてくれ！　蟻たちが迷宮《ダンジョン》の扉を破って出てきてしまった！」

なんだと？　あんな分厚い扉を⁉

「分かりました！　すぐに行きます！」

急いで外に出ると、隣のクラリスの部屋からはマリアが出てくる。

「二人とも先に行ってて！　クラリスがお風呂から出たら、急いで一緒に向かうわ！」

大好きなお風呂くらいゆっくり浸からせてやりたいが、今はそれどころではない。

ジークと先に迷宮《ダンジョン》へ向かうと、迷宮《ダンジョン》の前は大混戦となっていた。

「どうしてこうも早く扉が壊されたのですか⁉」

走りながらジークに問うと、

「クイーンアントだ！　クイーンアントの口から出す強力な酸が迷宮《ダンジョン》の扉を溶かし、そこをぶち破ってきたと報告が上がっている！」

息を切らしながら必死に答える。そうか……あの酸であれば納得いくな。そしてそのクイーンアントが地上に出てきたにもかかわらず、戦線が崩壊していないということは、バーンズが戦ってくれている証拠だ。

近くまできた俺は迷うことなく、迷宮《ダンジョン》の入り口正面で蟻たちのどてっ腹に風穴を作りまくっているバーンズの左隣に陣取る。その近くには、触角がちぎられ、頭もカチ割られたクイーンアントの死骸が。ただバーンズも無傷ではなく、火傷跡がところどころに見られた。

「援護します！」

ミスリル銀の剣を抜き《風纏衣《シルフィード》》を展開する。《トルネード》を使わないのは、街中で使うとどんな被害が出るか分からないからだ。建物が損壊するだけではない。《トルネード》で倒しきれなかった蟻が万が一遠くに飛んでいってしまったら大変なことになるからな。

「マルス⁉　お前、魔法使いじゃなかったのか⁉」

隣で蟻たちを引き裂いたり、ぶん投げたりしているバーンズが、しっかり俺の方を見ながら問いかける。キラーアントの攻撃なんか食らっても、蚊に刺されているようなもんだと言わんばかりだ。

「魔法使いですが、剣も少々扱えます。ですが期待はしないでください」

しばらく俺の剣捌きを見ていたバーンズが、急に笑い出す。

「それで少しか⁉　ここにいる誰よりも太刀筋がしっかりしていると思うがな！　リスター国立学校にでも行って然《しか》るべき人間に指示を仰げば、必殺剣の一つくらい覚えられるだろうに」

ここでもリスター国立学校の名前が……そんなに凄いところなのか。

《風纏衣《シルフィード》》を展開しながらだとキラーアントを一振りで倒せるようになっていた。もしやこれはアントスレイヤーの称号でも手に入れたのか？　と期待したがそうではなかった。単純に俺が強くなっただけ。でもこの分であればアントスレイヤーも夢ではないかもしれない。

大分余裕が出てきた俺は周囲を見渡す。

迷宮《ダンジョン》の上にはアイクが陣取り、上ってくる蟻を叩き落したり、上から槍で突き刺したりしている。

バーンズの後ろでは奴隷商ヘリクの獣人たちが、バーンズが取りこぼした蟻たちの処理を。

右側ではアルメリアの冒険者たちがラルフの指示により大きな円を作り、そこに蟻たちをおびき寄せ袋叩きにしている。

俺が来るまでバーンズの左側にいた【蒼の牙《ブルーファング》】、【赤き翼《レッドウイング》】、【黒い三狼星】の三パーティは、イルグシアから来た冒険者と共に広く展開し、包囲網から蟻たちが逃げ出さぬよう警戒している。

そこにまだ髪の毛の濡れているクラリスが、魔法回復薬《マジックポーション》が入っていたと思われる空の瓶を手に走ってきた。

「ごめん！　遅れちゃった！」

もしも俺が取りこぼしたときに誰かの援護が欲しかったが、クラリスがいれば百人力。クラリスもMP節約のためにディフェンダーでキラーアントに斬りかかる。

クラリスと一緒に走ってきたマリアもジークと合流し、役者が揃った時だった。

キラーアントに紛れ、赤い蟻、つまりガードアントが大量に迷宮《ダンジョン》から出てきた。その後ろにはクイーンアントの黒い影。

「チッ！　めんどくせぇのが来やがったか！」

バーンズが顔をしかめる。バーンズでもクイーンアントは戦いたくない相手らしい。

「マルス！　お前は小せぇ奴をやれ！　俺はデカい奴をやる！」

言われなくても最初《はな》からそのつもりだ。《風纏衣《シルフィード》》で酸を弾きながら斬りかかる。しかしキラーアントは一太刀浴びせれば倒せたが、ガードアントではできない。若干ガードアントのステータスが高いだけなのだが、それが響いた。

倒し損ねたガードアントが酸を吐くと、ディフェンダーを装備しているクラリスはなかなか近づけず、魔法の弓矢《マジックアロー》に持ち替えガードアントを倒す。魔力回復薬《マジックポーション》を飲んでいるとはいえ、あまり好ましい状況じゃない。

　すると俺の心を読んだかのように助けが入る。

「マルス！　これを使え！」

　アイクが投げてきたのは火精霊の剣《サラマンダーソード》だった。

「ありがとうございます！」

《風纏衣《シルフィード》》を展開し、火精霊の剣《サラマンダーソード》に火魔法を付与《エンチャント》させ攻撃力を高めた一振りは、ガードアントを一撃で沈めるには十分な威力だった。当然のようにやってのけたが、《風纏衣《シルフィード》》と火魔法の付与《エンチャント》を同時にできたことは大きな収穫だ。

　バーンズもバーンズでダメージを受けながらもクイーンアントを倒す。クイーンアントの酸攻撃を避けずに攻撃するさまは見ているこっちが怖い。これも高耐久のバーンズだからこそできる所業なのだろう。

　やはり苦戦していたのはバーンズの右側にいるアルメリアの冒険者たちだった。ラルフを中心にいい連携を取れていたのだが、酸の攻撃に対する備えがなく、うまくローテーションしながらガードアントを屠るが、かなりのダメージを受けてしまっている。

　頼みのラルフも、歳のせいなのか、それとも体を動かしていないせいなのかは分からないが、三年前に鑑定したときよりもステータスが落ちていた。それでも心が折れそうな冒険者たちをまとめ上げ、鼓舞する姿は称賛に値する。

そんなラルフたちを、ジークの指示を受けたであろう【蒼の牙《ブルーファング》】と【赤き翼《レッドウイング》】が援護する。

ちなみに【黒い三狼星】はジークのそばでジークとマリアの警護をしながら、ジークの伝令係もしている。ガードアントの出現により戦線が広くなってしまったので、ジークの声が通らなくなってきているためだ。

「おい！　この蟻の死体どうにかならないのか⁉　邪魔でしょうがない！」

バーンズは一撃で倒した蟻を後ろに投げつけていたが、面倒になったようだ。

「分かりました！　僕が焼きます！　クラリス！　少しの間だが頼む！」

ガードアントを倒しきり、死体の山に《ファイア》を放つ。

「マルス……お前風魔法使いではなかったか？」

死骸を焼いている姿を見ていたバーンズが俺に問いかけてきた。

「はい。僕は風魔法使いですが火魔法も少し使えます」

「ほぅ。他にも何か使えるのか？」

バーンズの値踏みするような視線が刺さる。

「多少は……自分の能力はあまり話したくないのでまた今度の機会にでも……」

バーンズの疑惑の目に耐えているところにガードアントが現れる。今度はマザーアントつきだ。

ガードアントが現れるということは、当然クイーンアントの姿も見える。

「おい！　マルス！　お前こいつらもやれるか⁉」

「はい！　クイーンアント以外であれば！」

《風纏衣《シルフィード》》に火精霊の剣《サラマンダーソード》に火魔法付与《エンチャント》し、未来視《ビジョン》。そこに《ウィンドカッター》連射と近距離戦で使える物すべてを駆使し、クイーンアント以外に斬りかかる。もう途中で何を唱えているのか分からなくなるほどだ。

多少取りこぼしてもすぐにクラリスのフォローが入るので、こちら側にくる蟻はすべて倒しきれた。

バーンズもクイーンアントの攻撃を受けながら倒しきるが、今までのクイーンアントよりレベルが高かった分、ＨＰに黄色信号が灯る。

そして問題のラルフ側の戦線。

マザーアントを倒せる高火力がいないので、来たらどうしようもなくなる。そもそもアルメリアの冒険者でマザーアントよりも強い者はいない。集団で袋叩きにしようとしても、他の蟻に邪魔されそれもできない。ジークとマリアが懸命に《石弾《ストーンバレット》》や《アイスアロー》を叩き込むが、数匹倒すのがやっとだ。

それを見かねたバーンズが後ろにいる獣人たちに命令する。

「おい！　お前ら！　あいつらの援護だ！」

獣人たちはバーンズの指示に従い、苦戦する冒険者たちのもとへ急ぐ。まさかバーンズがアルメリアの冒険者たちのことを気にかけるとは思いもしなかった。

「勘違いするなよ⁉　あいつらの後ろにエリーがいる。つまりあいつらが死ぬとエリーがヤバい。

それだけだ！」

俺の表情を読み取ったのか、バーンズが捕足する。なるほど、だからアルメリアの冒険者たちを見捨てられないのか。

獣人たちの援護も加わり、ラルフたちはなんとか持ちこたえた。しかしアルメリアの冒険者の半分以上がすでに戦闘不能状態。残った者たちも満身創痍《まんしんそうい》。ジーク、マリアのＭＰもそろそろ気になるところ。ここで万が一バーンズが倒れたら間違いなく全滅だ。

「お父様！　よろしいでしょうか⁉」

他の人が聞いたら、何がよろしいのか分からないだろう。だがジークなら分かってくれるはずだ。幸いジークはラルフの戦線が落ち着き、戦況を見極めようと、俺たちの近くに来ていた。

「……よし！　俺も腹を括《くく》ろう！　許可する！」

「ありがとうございます！　バーンズ様！　少し鎮まっていただいてもよろしいでしょうか？」

巻き込まれれば瀕死確定のバーンズの暴風のような攻撃が止んだ瞬間、極力小さな声で《ヒール》を唱える俺に、驚き目を見開くバーンズ。六回《ヒール》を唱え、再度バーンズを鑑定し、ＨＰが満タンになったことを確認する。

「できれば、このことは黙っていてください。エリーさんの件は善処致しますので」

「……まさか、マルス。お前が神聖魔法使い……だと？」

再度嵐のような攻撃を繰り出すバーンズの口元は、少しにやけていた。

「はい。少しですが……内密にしていただけますか？」

話を聞いていたクラリスも、蟻たちと交戦しながら不安な表情を浮かべる。

「当然だ！　誰かに話すとそれが広まり、エリーを治す前に国やAランクパーティに奪われてしまうからな！」

バーンズも極力声を抑えようとしているのだろうが、興奮からか声が大きい。

「……まさかこんなところに……ようやく……ようやくエリーを……」

思わずといった様子で呟くバーンズ。エリーのことを心から心配していたのが容易に想像できる。

ガードアント、マザーアントを葬ると、しばらくキラーアントばかりしか出てこないことに色めき立つ冒険者たち。中には「もうこれで最後だ！」と叫ぶ冒険者も。

しかし現実はそう甘くなかった。また迷宮《ダンジョン》の奥からガードアント、マザーアントの姿が。しかも今回はキラーアントはおらず、雑魚はガードアントとマザーアントのみ。

そしてその後ろからは、見たことがない色の蟻が現れた。姿かたちはクイーンアントなのだが、黒光りしている。それは太陽に照らされてではなく、蟻自体から発光されているようだった。さらに驚くのはその鑑定結果。

【名前】アーリン
【称号】ー
【種族】クイーンアント

【脅威】A^{-}
【状態】良好
【年齢】三歳
【レベル】1
【HP】520／520
【MP】250／250
【筋力】268
【敏捷】221
【魔力】52
【器用】101
【耐久】325
【運】1
【特殊能力】HP回復促進　E（Lv4／11）
【特殊能力】土魔法　C（Lv6／15）

初めての名前付き《ネームド》。さらに脅威度A^{-}。それに圧倒的ステータス。

しかし、ここまで圧倒的なステータスでも、なんとかなると思わせてくるバーンズがこちらにはいる。正直バーンズがいなければ、どうにかして逃げる算段を立てていたところだ。

「マルス！　《トルネード》を放て！　建物がどうなっても構わん！　ガードアントやマザーアントの攻撃を凌ぐ力はもうラルフたちにはない！　アイク！　マルスが《トルネード》を唱える！　巻き添えを食わないように気をつけろ」

「分かりました！　マザーアントは間違いなく討ち漏らしてしまうので、各々でお願いします！」

　異常事態を察したジークの指示に従い、迷宮《ダンジョン》前に《ウィンドカッター》を仕込んだ《トルネード》を発現させると、予想通りガードアントたちを切り刻むことには成功したが、マザーアントは半分程度しかHPを削れず、クイーンアントのアーリンに至っては10程度しかダメージを与えられなかった。しかもHP回復促進の効果によって回復しはじめている。

　だがもとより、アーリン《クイーンアント》はバーンズに任せるつもりだ。クラリスもそう思ったのか、

「マルス！　私もお義兄さんと合流して、上から散らばったマザーアントを射るわ！」

《トルネード》を迂回《うかい》してアイクと合流すると、魔法の弓矢《マジックアロー》で討ち漏らしたマザーアントを射貫いていく。

　俺も火精霊の剣《サラマンダーソード》でマザーアントを倒していくが、やはり右側のラルフたちの戦線が崩壊した。その中で獣人たちは最後まで引くことなく果敢に戦って命を散らす者もいた。

　それに気づいたアイクとクラリスもラルフたちの援護をしようとするが、二人の目の前には俺の《トルネード》が発現しており射線が通りづらい。アイクの《ファイアボール》で狙った蟻に着弾させるのがやっとで、クラリスは当初の予定通り、俺が討ち漏らした蟻を射っていく。

もちろんジークたちもありったけのＭＰを使い、ラルフたちをを援護するが、そのジークたちにも蟻が迫り、【蒼の牙《ブルーファング》】、【赤き翼《レッドウイング》】、【黒い三狼星】がジークとマリアの盾となる。

　このままでは……しかし俺がこの場を離れるとバーンズがやられる可能性が……ラルフたちを助けに行くか逡巡している俺に、バーンズが叫ぶ。

「おい！　マルス！　お前が冒険者たちのところへ行ってこい！」

「ですが！　大丈夫ですか⁉」

「この街や冒険者はどうでもいいが、あそこが突破されたら後方にはエリーがいる！　安全を確保してから戻ってこい！」

　アーリン《クイーンアント》の周りにはまだたくさんのガードアントやマザーアントがいる。さすがにバーンズでも俺が戻ってこなければやられてしまうだろう。

　アーリン《クイーンアント》と見合っているバーンズの無事を祈り、右側のラルフの方へ向かった。《風纏衣《シルフィード》》を纏い、すぐに駆け付けたが、すでに獣人だけでなくアルメリアの冒険者たちも多数やられていた。

ＨＰが二桁以上の者たちは数えるほどだ。

《トルネード》を維持しながら、火精霊の剣《サラマンダーソード》で蟻たちを倒していく。地に伏せている者たちを《ヒール》で回復したい気持ちはあるのだが、《トルネード》発現中に風魔法は使えても神聖魔法は使えない。

　それに俺のＭＰにも黄色信号が。もうそろそろＭＰが１５００を切りそうだ。《トルネード》もそうだが、やはり未来視《ビジョン》の消費ＭＰがエグい。アーリン《クイーンアント》戦のことを考えると少しでもＭＰを節約しなくては……その思いから地に伏している者たちへの《ヒール》は見送った。

右側の蟻たちを倒し終えた頃に立っていたのは、ジーク、マリア、【蒼の牙《ブルーファング》】、【赤き翼《レッドウイング》】【黒い三狼星】だけ。ジークたちもすべてを出し切っており、戦闘することはできない。

だがこれでラルフ側にいた蟻はすべて倒したよな。そう思い周囲を見渡すと、ガードアントに追われ、エリーの鎖を持ちながら逃げているカーメル辺境伯の姿が。

なっ⁉　ガードアントは《トルネード》で全員倒したはずでは？　ということはこのガードアントは《トルネード》発現前の奴か？

逃げるカーメル辺境伯たちにガードアントが酸を吐く。すると、それをなんとかカーメル辺境伯自らエリーを庇うように受ける。万が一エリーに何かあったときのことを考えての行動だろう。

しかしそのエリーも相当な怪我を負っている。原因は間違いなく俺の《トルネード》。《トルネード》によって破壊された建物の瓦礫《がれき》がそこら中に飛び散り、そこを走るエリーの足が傷ついてしまっているのだ。

それでもカーメル辺境伯を引っ張るように走る。きっとカーメル辺境伯一人ではガードアントに追い付かれてしまっているだろう。

俺が二人を追いかけまわしているガードアントの頭をなんとか突き刺すと、カーメル辺境伯はエリーを繋ぐ鎖を手放し、その場に倒れこむ。尋常じゃないほどの汗。まぁ年も年だから限界まで走ったのだろう。すぐにバーンズの方に向かおうと思ったが、エリーの顔に新たな傷が。ちょうど《トルネード》の中に蟻たちの気配がなくなったので、《トルネード》を解き、エリーの顔に《ヒール》を唱えてから、すぐにバーンズのもとへ走る。

急いでアーリン《クイーンアント》の所へ向かうと、そこにバーンズはいなかった。

いたのは髪の長いバカでかい男と、フラフラになったアイク、そして倒れたクラリスだった。

髪の長い男は血だらけで立っているのもやっとという感じだった。

しかし今はクラリスのことが優先だ！　クラリスを見るとHPは減っておらず、MPが4。アイクはHPが8でMPも12だ。良かった。クラリスは気を失っているだけのようだ。

俺は即座にアイクを回復し、事情を聞く。

「あのクイーンアントはやばい……ダメージを与えられる気がしない。火魔法も多少のダメージは与えられるようだが、少し時間が経つとすぐに回復している気がする」

「クラリスはどうしたのですか？」

「マルスが抜けた穴を必死に埋めようと、魔法の弓矢《マジックアロー》を使い、最後に俺の回復をしてMPが切れて倒れてしまった」

一度はMPが0になって魔力欠乏症で倒れたが、魔力回復薬《マジックポーション》のおかげでMPが回復し始めているということか。

「あの髪の長い人はバーンズ様ですか？」

「あぁ。クイーンアントと戦っていて最初は優勢だったんだがな。ダメージを与えたはずなのに回復されてしまうから、攻撃力を上げたのだと思う」

「他の蟻たちの姿が見えませんが……もうすべて倒したのですか？」

「恐らく。元々マルスの《トルネード》でダメージは入っていたからな。クラリスと二人がかりでとにかく火魔法と魔法の弓矢《マジックアロー》を撃ちまくってな。マザーアントを倒してから俺もクイーンアントに攻撃したのだが、全く歯が立たなかった」

「分かりました。アイク兄はクラリスを連れてお父様たちの所へ避難してください！」

アイクにクラリスを託し、アーリン《クイーンアント》と交戦しているバーンズの所へ向かう。

「バーンズ様、その姿は一体⁉」

「これは獣王化だ！　筋力と敏捷が上がる代わりに耐久が下がる！　俺を回復しろ」

バーンズを鑑定するとHPは100を切っていた。怪獣大戦争が行われている中、隙を見てはバーンズに《ヒール》を唱える。

「マルス！　このクイーンアントのHPはどのくらいある⁉　ダメージを与えているとは思うのだが、全く倒せる気配がない！」

「こいつはHP回復促進がありますので、短期決戦で倒さないとどんどんHPが回復してしまいます！」

「俺とマルスが二人でやってなんとかということか……」

バーンズは俺を完全に認めてくれており、自然と共闘が前提となっている。

「はい！　しかし僕のMPが残り1000を切りそうです！」

「1000だと⁉　1000で不安がる魔法使いを初めて見たな！　王クラスの魔法使いですら、1000もあれば自信満々だがな！」

バーンズに褒められると自信になるが、今はそれを喜んでいる場合ではない。それにもしかしたら他に生き残っている蟻がいるかもしれない。《サーチ》を使う余裕はないが、俺が周囲の警戒をし、少しでもバーンズの負担を軽くしなければと思った時だった。

俺の視界に、こちらを見つめるエリーの姿が入ったのは。

カーメル辺境伯が地に伏せて鎖を手放したことで自由になったエリーは、バーンズを心配して見にきたのかもしれない。

エリーを捉えたのは俺だけでなく、バーンズもだった。

「マルス、一つ聞いていいか？　エリーの左目が治っているのは気のせいか？」

確かによく見ると、最初に見たときに潰れていたような左目が治っていた。

「先ほどラルフさんを助けに行けと言われた際、傷ついたエリーさんを見かけたので《ヒール》を唱えたのですが……そのときに左目の傷も癒えたのかもしれません」

「……そうか。まぁそれしかないだろうな。もうフローラを待つ必要がなくなったな」

毛むくじゃらのバーンズが父親の表情を見せながらも、唸《うな》る剛腕をアーリン《クイーンアント》にぶち込もうとするが、それを《石壁《ストーンウオール》》で防ぐアーリン《クイーンアント》。

バーンズの剛腕は《石壁《ストーンウオール》》を破壊し、アーリン《クイーンアント》まで届くが、減衰し、思ったようにダメージを与えることはできない。

対するアーリン《クイーンアント》は、鎌のように鋭利な手でバーンズにカウンターを見舞う。

アーリン《クイーンアント》も獣王化したバーンズの攻撃をまともに喰らうようなことはせず、最大限の注意を払っている。バーンズの攻撃がまともに決まれば、耐久値が高いアーリン《クイーンアント》とてただでは済まない。

少しでもアーリン《クイーンアント》の気を引ければと背後に回り込み、全力で斬りかかるも、与えるダメージは10がやっと。

当然アーリン《クイーンアント》の攻撃を一発でも喰らえばゲームオーバーなので、《風纏衣《シルフィード》》と未来視《ビジョン》は必須。これだったら俺はバーンズの回復だけに専念した方がいい。

アーリン《クイーンアント》のMPも無限ではない。このままバーンズが殴り続ければ、先にMPが枯渇するのはアーリン《クイーンアント》だ。俺がバーンズの方に戻ろうとすると、バーンズに止められる。

「マルス！　戻ってくるな！　獣王化はあと五分ももたない！　獣王化が解けてしまったら攻撃力が下がる！　ここで決めるぞ！」

「なっ!?　ですがこのままでは……」

狼狽える俺にバーンズが命じる。

「最初に会った時に俺を痺れさせた魔法を使え。反撃がなければHPを削りきることができる！」

「……あの魔法はうまく制御ができません！　また消費MPが異常に多いので、一発撃つと魔力欠乏症で動けなくなるかもしれません！　それでもよろしいですか!?」

「このままだとどうせ全滅だ！　マルスが神聖魔法を使えなければ俺はエリーと一緒に街から出ていた！　構わないからやれ！」

確かにここで決めなければ全滅だ。迷っている暇はない。

「僕が仕掛けたらバーンズ様は離れてください！　巻き添えになる可能性がございます！」

右手に魔力を込めながら叫ぶと、バーンズが頷き、アーリン《クイーンアント》の注意を引くように防御無視の猛攻をみせる。

アーリン《クイーンアント》のＨＰも削れるが、それ以上にバーンズのＨＰの減りが早い。

バーンズのＨＰが50を切り、よろめいたところに、アーリン《クイーンアント》が今までにないくらい大きな動作で鎌のような手を振りかぶる。アーリン《クイーンアント》も完全にここで決めようとしている！

アーリン《クイーンアント》は完全にバーンズに集中しており、俺のことなど眼中にない！

一気にアーリン《クイーンアント》の背中に飛び乗ると同時に、なんとか体勢を整えたバーンズもバックステップで距離をとる。今だ！　右手に込めた金色の魔力を解き放つ！

「《ライトニング》！」

金色の雷がアーリン《クイーンアント》を穿つと、轟音と共にアーリン《クイーンアント》の「キシャヤャァァァアアアーーー！！！」という声が響く。その衝撃でアーリン《クイーンアント》の背中に乗っていた俺は上空に吹っ飛ばされるが、とっさに《風纏衣《シルフィード》》を纏い、なんとか着地に成功する。

アーリン《クイーンアント》の残りＨＰは２０４、状態は感電【大】となり、口をピクピク動かし、断末魔を上げるのがやっとになっていた。

これを見逃すバーンズではない！　今までのフラストレーションを発散するかのようにアーリン《クイーンアント》をぶん殴る。大砲のような一撃はアーリン《クイーンアント》を形成している物を粉砕する。

俺も攻撃しようかとも思ったが、俺が近づくことでアーリン《クイーンアント》の感電が解けてしまう可能性を考え、参加しなかった。残りMPは4。《ウインド》すら撃てない。

アーリン《クイーンアント》の残りHPが100を切り、なおもどんどん削れていく。

このままいけば間違いなく勝てる！　もうアーリン《クイーンアント》のHPが10を切る！　俺もバーンズも勝ちを確信したときだった。アーリン《クイーンアント》の状態が感電【小】となったのは。

「バーンズ様！　一部マヒが解除されました！」

俺の叫びも虚しく、バーンズの左半身がアーリン《クイーンアント》によって喰われた。

バーンズを鑑定するとHPはすでに0。アーリン《クイーンアント》のHPは2だ。

手に持つ火精霊の剣《サラマンダーソード》を構え、瀕死のアーリン《クイーンアント》に突っ込むが、アーリン《クイーンアント》もここさえ凌げばとボロボロになった鎌のような手を振りかぶる。

アーリン《クイーンアント》はまだ感電【小】で動きに精彩はないが、腐っても脅威度A^-。俺より遥かに動きが速い！　しかし仕切り直すとアーリン《クイーンアント》のHP回復促進効果で俺に勝ち目はない！　ここで決めなければ！

「うぉぉぉぉぉおおおおお！！！！！」

近づけば近づくほど分かる絶望的な力の差。間違いなく先に振り下ろすのはアーリン《クイーンアント》。この攻撃を火精霊の剣《サラマンダーソード》で凌いだところで、勝ち目がないのは未来視《ビジョン》を使わなくても分かる。

ならば覚悟を決めて振り切るしかない！　殺されてもなおこの刃さえ届けば！

予想通りアーリン《クイーンアント》の鎌が振り下ろされた瞬間、またもあの声が俺を救う。

「《結界《バリア》》！」

ガラスの割れる音と共にアーリン《クイーンアント》の鎌が大きく弾かれた。

咄嗟にアーリン《クイーンアント》は逃げようとする。

くそ！　追いきれない！　逃げられる……そう思った時だった。

「お前は……ここで俺と……地獄行きだ！」

左半身を喰われＨＰが０のバーンズが、逃げようとするアーリン《クイーンアント》の脚を右手一本で掴む。

バーンズの最後のあがきに動きを封じられたアーリン《クイーンアント》は、大きな口を開こうとしていたが、そこに火精霊の剣《サラマンダーソード》を突き刺す。

断末魔も上げずに、アーリン《クイーンアント》の体は迷宮《ダンジョン》の湧き部屋でもないのにすぐに消滅した。

俺を守った声のした方を見ると、そこにはアイクに支えられながらも微笑むクラリスの姿が。

俺のピンチを察したアイクがクラリスを起こし、魔力回復薬《マジックポーション》を飲んでいたクラリスのＭＰ回復も間に合っていたのか。

だが今はそれを考えるのはあとだ！　最期の力を振り絞り俺を救ってくれたバーンズのもとに駆け寄り、ＭＰ不足で唱えられるはずのない《ヒール》を唱えるが、何度やっても発現しなかった。

すぐにエリーが駆けつけてきて、倒れたバーンズを抱きしめるように覆い被さると、バーンズの目がかろうじて開く。

「ま…る……す。エリーを……た…の…む」

それが獣王の最期の言葉だった。

「任せてください」と叫ぶと、バーンズはその言葉に満足したのか、エリーの顔に右手を添え、彼女の顔を見ながら息を引き取った。

エリーの悲しみの咆哮がアルメリアの街に響き渡り、アント掃討作戦は幕を閉じた。

第16話　戦いの終わりに

壮絶な戦いが終わりバーンズが亡くなって半年以上が経つ。あれからたくさんの出来事があった。

まず一つ目はジークの伯爵への陞爵。というのも、カーメル辺境伯の伯爵位をジークが譲り受けたのだ。

バルクス王国では、英国と同じように上級貴族が何個も爵位を持てるようだ。

ちなみに英国と全く同じかは知らんよ？　だって俺は日本で爵位とか習ってないもん。

カーメル辺境伯は自分の息子に伯爵位を授けるわけではなく、ジークに伯爵位を与えたのだ。

当然王家にも承認はしてもらい、ブライアント伯爵ジーク・ブライアントが誕生したのだ。

普通であれば◯◯伯爵ジーク・ブライアントとなるのだが、希望があれば◯◯を自分でつけてもいいらしい。まぁこれは上級貴族でもかなり貢献をしなければならないらしいが。

また、カーメル辺境伯からアルメリアの統治権も貰った。

カーメル辺境伯は、もう迷宮《ダンジョン》はこりごりとのことでジークに譲ったらしい。

後に聞いた話だが、どうやらカーメル辺境伯の一人息子は相当なダメ人間らしい。どうしても一人息子に爵位を譲りたく、手柄を立てさせるために今回のアルメリア迷宮《ダンジョン》に派遣する際の騎士団の隊長としたが、怖くて屋敷から出てこなかったらしい。

それを見て、愚息を諦め、ジークに伯爵位を譲ったということだ。

ただ孫娘には期待をしているので、そこに僅《わず》かな希望を見出しているとのこと。ちなみに現在十二歳らしい。そういえばカーメル辺境伯の孫がリスター国立学校に落ちたと聞いた気がするが、その子だろうか？

これでブライアント伯爵家はバルクス王国で唯一、領内に二つの迷宮《ダンジョン》をもつ貴族となった。

イルグシア迷宮《ダンジョン》で物足りなくなった【蒼の牙《ブルーファング》】、【赤き翼《レッドウイング》】の二パーティを筆頭に、イルグシアの上位冒険者たちは順次アルメリアに移ることとなった。

二つ目はアルメリア迷宮《ダンジョン》だ。アルメリア迷宮《ダンジョン》は昔の状態に戻った。

俺たち四人はあの後二層までしか潜っていないが、もう蟻の魔物はいなかった。

二層の至る所に蟻の卵があったが、それはすべて俺たちで処理した。

またアーリン《クイーンアント》が消滅した後、二つの魔石がドロップした。

一つは他のクイーンアントと同じ大きさの黒く大きな魔石。

そしてもう一つが黒く光っている小さな魔石だ。もしかしたらアーリン《クイーンアント》が黒く発光していたように見えたのも、この魔石のせいかもしれない。

【名前】　人造魔石

【特殊】　ー

【価値】－
【詳細】ある特殊な方法で造られた魔石。

この鑑定結果をジークに話すと、絶対に他言無用と言われた。

三つ目はバーンズとエリー、そして獣人の件だ。

カーメル辺境伯は今回のアルメリア迷宮《ダンジョン》の防衛戦の件で、バーンズがそれなりの活躍をしたら奴隷から解放すると約束していたのだ。

その約束をカーメル辺境伯がきちんと守り、死んでしまったバーンズと娘のエリーを奴隷から解放した。

他の獣人たちもジークになら仕えてもよいとのことで、全員ジークが買い取った。どうやら【黒い三狼星】のガイを奴隷頭にし、騎士団を作るか、迷宮《ダンジョン》の管理を手伝ってもらうか迷っているらしい。

また、バーンズの最後の遺言をカーメル辺境伯とジークに伝えると、エリーは奴隷解放後、俺に預けられることになった。

そのエリー、最初は俺にしか懐かなかったが、徐々にクラリス、アイクにも懐くようになった。

少しクラリスに懐いたところで、俺とクラリスでエリーの解呪に専念する。

《ヒール》や《キュア》、そして中級神聖魔法の魔導書に載っていた《ハイヒール》を唱えてみたのだが、一向に解呪される気配はなかった。

しかしここで奇跡が起きる。クラリスの神聖魔法がレベル9になったときに、クラリスの称号に【聖女】がついた。


【聖女】この世界で女性神聖魔法使いの頂点に立ったものに与えられる称号。回復魔法を使用時に状態異常も治す。


この効果によって解呪に成功し、エリーはライオンの姿から人の姿に戻ることができた。

人となったエリーは、ショートヘアで髪の毛の色は俺より少し薄い金色。目の色は青みがかった灰色でぱっちり。しっかり目も治っており、傷も残っておらず、見た目はとても活発な美少女だったが、獣人とは思えないほど静かだった。

ケモミミではなく、人間の耳。そして尻尾もついていない。身体的にどこを見ても獣人とは分からない。

だが獣人だからなのか、神聖魔法使いで他の子供たちよりも発育のいいクラリスと同じくらい背も高く、色々成長していた。

呪いが解けたエリーは、より俺にべったりしてきた。いつも俺に触れていないと気が済まないらしく、迷宮《ダンジョン》に潜るときもトイレもお風呂も寝るときも一緒にいたいとのこと。

解呪に成功した日、俺が風呂で髪の毛を洗っていたところにエリーが入ってきて、本当に驚い

た。いくらライオン時に一緒に入っており、また八歳だとしてもだ。

　さすがにそれはまずいし、クラリスの機嫌を損ねてしまう可能性がある。そして何よりも、俺自身エリーを心の底からは信用できない……信用できないというか、エリーの【固有能力】が気になっていたのだ。

　ある日、意を決して俺とクラリス二人で一緒にエリーを問い詰めた。

　エリーは転生者なのかと。

　するとエリーはあっさり転生者と認めた。

　エリー自身はただの生まれ変わりだと思っていたらしく、前世の記憶もあまり残っていないらしい。

　その残った記憶を聞いてみると、どうやら前世もこの世界にいたとのこと。これって輪廻《りんね》転生《てんせい》ってやつか？　まぁこれでエリーを信用することができるようになった。

　信用できたからといって、一緒に風呂やベッドには入れないが……。

　別の日に、またエリーがベッドに潜り込んできたので丁重に断ると、

「……パパに……エリーを頼むって……任せてくださいって……」

　目に涙を浮かべながら訴えかけてくる。

　いや、確かに言ったけど頼むってそういうことじゃないと思うんだが……。

　それに俺にはクラリスがいる。ここで曖昧にしてもっと傷つけてしまうようならば、早いうち

に言わなければならない。

翌日、クラリスと三人でいる時にエリーにしっかりと話をした。

「エリー、俺にはクラリスがいるんだ。俺はエリーも好きだが、クラリスが一番好きだ。いや、愛している。将来俺とクラリスは結婚する」

ブライアント家のみんなに外堀から埋めてもらい、今ではジーク、マリア、アイクのことをお義父様、お義母様、お義兄さんと呼び、リーナからはお姉ちゃんと呼ばれているクラリスだが、こうやって俺からはっきりと思いの丈を伝えたのは初めてだ。

思わぬ告白にクラリスは顔を赤らめている。嬉しそうに見えるのは、頼むから俺の勘違いではありませんように！

しかし、俺の言葉を聞いたエリーの反応は意外なものだった。

「……知ってる……アイク……聞いた……側室……」

えっ？　側室？　側室って何？

「側室って……なんだ？」

クラリスに聞いてみると、貴族になると正妻の他に側室を迎えることができるらしい。爵位によって側室を迎えられる人数が変わるとのことだ。

男爵は正妻一人、側室一人。子爵は正妻一人、側室二人。上級貴族の伯爵位以上は無制限とのことだ。その他にも妾《めかけ》というのもいるらしい。これは体の関係があるだけで正式には妻ではないらしい。

「側室か……まぁ考えておくよ……」

結局は曖昧になってしまったが、エリーにクラリスが一番ということだけはしっかり伝えられた。それだけでも良しとしよう。

クラリスにとっては邪魔でしかないはずのエリー。しかしクラリスはそんなエリーを邪険に扱うことなく、むしろ積極的に世話まで焼いていた。

俺とクラリスがリスター国立学校の受験をすることを知ると、エリーも受験をすると息巻くが、肝心の読み書きができなかった。

それをクラリスが一生懸命教え、今ではなんとか文字を読むことはできるようになった。

野菜嫌いのエリーになんとか野菜を食べてもらおうと、キッチンに立ったり、いつまでも起きてこないエリーを起こしたり。

そんなクラリスに心を許し、エリーの表情にも変化が見られた。

今まで俺にしか見せなかった笑顔をクラリスの前でも見せるようになったのだ。

これにはクラリスだけでなく、ジークとマリアも胸をなでおろす。もしかしたら俺以外に心を許さないんじゃないかと心配していたのだ。

まぁエリーが心を許すのはせいぜいブライアント家に近しい者くらい。学校生活を送るのであればもう少し社交性がないときついかもしれない。急には無理でも徐々に慣れさせないと、とクラリスと二人で話している。

エリーが人間の姿になり、俺、アイク、クラリス、エリーの四人で迷宮《ダンジョン》に潜る機会が増えた。

最初はイルグシア迷宮《ダンジョン》。エリーのレベルが上がったらアルメリア迷宮《ダンジョン》だ。

その成果がこれだ。

【名前】マルス・ブライアント
【称号】風王／ゴブリンスレイヤー
【身分】人族・ブライアント伯爵家次男
【状態】良好
【年齢】八歳
【レベル】25（+2）
【HP】150／150
【MP】8601／8601
【筋力】100（+9）
【敏捷】108（+10）
【魔力】152（+10）
【器用】136（+12）
【耐久】97（+9）
【運】30

【固有能力】天賦（LvMAX）
【固有能力】天眼（Lv8）
【固有能力】雷魔法　S（Lv3／20）（2→3）
【特殊能力】剣術　B（Lv8／17）
【特殊能力】体術　G（Lv1／5）（NEW）
【特殊能力】火魔法　F（Lv6／8）
【特殊能力】水魔法　G（Lv3／5）
【特殊能力】土魔法　G（Lv4／5）
【特殊能力】風魔法　A（Lv15／19）
【特殊能力】神聖魔法　C（Lv7／15）（6→7）
【装備】火精霊の剣《サラマンダーソード》
【装備】偽装の腕輪

俺の場合はアーリン《クイーンアント》に止めを刺したときと、その後アルメリア迷宮《ダンジョン》でレベルが1ずつ上がった。器用値が伸びているのは、アーリン《クイーンアント》戦で《風纏衣《シルフィード》》を展開しながら火精霊の剣《サラマンダーソード》に火魔法を付与《エンチャント》していたりしたから。ちなみに火精霊の剣《サラマンダーソード》はそのままアイクから譲り受けた。

その火精霊の剣《サラマンダーソード》に火魔法を付与《エンチャント》し、《ウィンドインパルス》のように魔力を溜めてから放出するように剣を振ると、キュルスの《水刃》のような斬撃が飛んだ。これはと思い、訓練しようと思ったのだが、サーシャが使いすぎると剣が砕けることもあると言っていたのを思い出し、うずうずしながらも訓練するのを堪えた。

体術を新しく覚えたのは、毎日のようにエリーとマススパーリングをしているからだ。体術はレベルが1上がると、筋力と敏捷が1ずつ上がる。それはエリーのステータスも見ていたから間違いない。

そのエリーの成長も凄かった。

【名前】エリー・レオ
【称号】－
【身分】獣人族・平民
【状態】良好
【年齢】八歳
【レベル】15（＋14）
【ＨＰ】１００／１００
【ＭＰ】50／50
【筋力】46（＋33）
【敏捷】56（＋43）
【魔力】13（＋11）

【器用】29（＋19）
【耐久】36（＋26）
【運】10
【固有能力】音魔法　G（Lv1／5）（0↓1）
【特殊能力】短剣術　C（Lv2／15）（0↓2）
【特殊能力】体術　A（Lv4／19）（1↓4）
【特殊能力】風魔法　F（Lv1／8）（0↓1）
【装備】風の短剣《シルフダガー》
【装備】風のブーツ

エリーは獣人らしく完全に前衛タイプなのだが、同じ金獅子のバーンズと決定的に違うところがある。バーンズは筋力が非常に伸びていたが、エリーの場合はそれが敏捷値に現れた。

風魔法の才能があったので、俺が装備していた風の短剣《シルフダガー》を渡すと、それを宝物のように大事に使ってくれている。

また敵を察知する能力に長《た》けており、《サーチ》だと魔物に存在がバレてしまう状況でも、エリーにかかれば敵にバレずに察知ができた。

アルメリア迷宮《ダンジョン》で手に入れた風のブーツも、エリーに適した良い装備だった。

【名前】風のブーツ
【特殊】敏捷＋1
【価値】B^{-}
【詳細】魔力を込めると空中を蹴って空中を歩くことができる。

これによりエリーは立体的な行動がとれるようになる。空中を駆けることができるようになったエリーは、容易に敵の背後を取ることができるようになり、戦闘がより安定するようになった。

そして気になる音魔法なのだが、なんてことはない、ただ相手の音を消すことができるだけ。しかし音を消すということは、声を消すこともできる。魔法を唱えようとする相手に音魔法を唱えると、相手の魔法が発現しない。

完全な魔法使い殺しの魔法だ。でも俺の風魔法は無詠唱だから、それが阻害されることはなかった。

次にクラリス。

【名前】クラリス・ランパード
【称号】聖女
【身分】人族・ランパード男爵家長女
【状態】良好

【年齢】八歳
【レベル】29（＋２）
【ＨＰ】１３６／１３６
【ＭＰ】８５２／８５２
【筋力】60（＋５）
【敏捷】65（＋６）
【魔力】89（＋８）
【器用】97（＋８）
【耐久】58（＋４）
【運】20
【固有能力】結界魔法　Ｇ（Ｌｖ１／５）
【特殊能力】剣術　Ｃ（Ｌｖ５／15）（４→５）
【特殊能力】弓術　Ｂ（Ｌｖ８／17）
【特殊能力】水魔法　Ｃ（Ｌｖ３／15）
【特殊能力】風魔法　Ｇ（Ｌｖ１／５）
【特殊能力】神聖魔法　Ａ（Ｌｖ９／19）（８→９）
【装備】ディフェンダー
【装備】魔法の弓矢《マジックアロー》

【装備】聖女の法衣《セイントローブ》
【装備】神秘の足輪《ミステリアスアンクレット》
【装備】誓愛の髪飾り
【装備】偽装の腕輪

クラリスは蟻たちとの戦いのあと、接近戦が弱点だと思ったのか、剣術を重点的に磨いている。

もちろん先生は俺。

迷宮《ダンジョン》から戻ると、いつも庭では俺とクラリスの剣が交わる音が。交わるのは剣だからな。重要だから二回言っておく。

最後にアイク。

【名前】アイク・ブライアント
【称号】－
【身分】人族・ブライアント伯爵家長男
【状態】良好
【年齢】十一歳
【レベル】27（＋2）
【ＨＰ】161／161

【MP】1235／1235
【筋力】103（+8）
【敏捷】77（+5）
【魔力】55（+3）
【器用】44（+3）
【耐久】96（+6）
【運】10
【特殊能力】剣術　C（Lv6／15）
【特殊能力】槍術　B（Lv9／17）（8→9）
【特殊能力】火魔法　C（Lv7／15）
【装備】炎の槍《フレイムランス》
【装備】火幻獣《イフリート》の法衣
【装備】火の腕輪

ステータスも上がっているのだが、一番の成長は体つきだろう。身長は百六十センチメートルを優に超える。

今日はアイクがリスター国立学校のテストを受けるために、アルメリアを出発する日。

リスター国立学校は五年制だ。もしも受かったら五年間リスター連合国で寮生活をすることとなる。アイクはジーク、【赤き翼《レッドウィング》】と一緒にリスター連合国へ向かう。

ジークが不在の間は、マリアを筆頭に俺たちが協力して穴を埋める。

「アイク兄。どうかお体には気を付けてください。僕たちも三年後に向かいますので」

「お義兄さん、羽目を外しすぎないようにお願いしますね」

「……さよなら……」

クラリスとエリーもそれぞれ一言。エリーは相変わらずだった。

【蒼の牙《ブルーファング》】、【黒い三狼星】たちからも一言ずつ別れを惜しむ言葉をかける。

「何かあったらすぐに帰ってきていいのよ」

最後にマリアがリーナと一緒にアイクの所へ行き、アイクを抱きしめながら、
涙ながらに言うと、リーナもアイクのお腹に鼻水を擦り付けながら泣きながら喚く。

二人が落ち着くと、アイクはここに集まったみんなに決意を表明する。

「必ず試験に受かって立派な成績を修めて参りますので期待していてください」

そして最前列で見送る俺に小声で一言。

「みんなを頼むな。クラリスをあまり泣かせるなよ」

最後にアイクとグータッチをすると、アイクはジーク、【赤き翼《レッドウィング》】と共にリスター連合国へ旅立った。

アルメリアを去るアイクの背中に精一杯のエールを送る。

振り返り、手を挙げて応えてくれたアイクの顔は、遠く離れたここからでも分かるくらい涙で溢れていた。

書き下ろし短編　手紙

「お母さん！　手紙！　手紙が来たよ！　きっとマルスとクラリスから！　読んで読んで！」

まるでそこに扉がなかったかのように、娘が扉をぶち破ってリビングに走ってくる。顔や白い肌には今できたばかりのあおたんが。でも娘にとってそんなことはどうでもいいのだろう。娘は二人のこととなると周囲が見えなくなる。

娘はあの二人と出会ってから変わった。

それまであまり興味を示さなかった魔法を積極的に覚えようとしたり、木製の槍をぶん回しながら、近くをうろつくあいつを追いかけたり。中でも自分の手を背中にあて《ウィンド》を唱え、明後日の方向に飛んでいくのがマイブームのようだ。

娘曰く、好きな人が同じようなことをやっていたとのこと。きっとマルスのことだろうが、あのマルスがそんなことをするはずがない。どこをどう真似すればそうなるのかは不明だが、それでもめきめきと風魔法が上達しているから特に何も言わずにいた。

暇さえあれば二人のことを話し、早く会いたいと嘆く毎日。そして今、数か月前に送った手紙の返事が、このリーガン公爵領の住宅都市カンリョウの我が家に届いたのだ。これ以上テンションが上がることはないだろう。

「見せてごらんなさい」

ミーシャから封筒を受け取ると、中には四通の手紙が。一通はマルスから、もう一通はクラリスから、三通目はマルスの父のブライアント伯爵から。そして最後に真っ白な紙。

真っ白な手紙には本当に何も書かれていなかったが、なにやら殺気のようなものが込められている気がした。マルスは渡さない。なぜか白紙の手紙からそう伝わってきた。

ブライアント家は陞爵し、伯爵になったとのこと。どうやら迷宮飽和をブライアント家が鎮めたという噂を、バルクス王国出身の冒険者から聞いた。そのブライアント伯爵からの手紙には、ガナルの街でマルスとクラリスがお世話になったとお礼の言葉がずらりと並んでいた。

次にクラリスの手紙に目を通す。そこには十歳とは思えぬ綺麗な字が。代筆かとも思ったがクラリスのサインも入っている。十歳がこれほどまでに綺麗な字が書けることもそうだが、その内容にも驚いた。

ミーシャと早く会いたいと綴《つづ》った後に、クラリスも風魔法を覚えたとの文字が……ミーシャが、クラリスからは水魔法使いと聞いたと言っていたような……しかも剣と弓まで扱えるという
それだけでも凄いのにあの容姿。エルフの私ですら羨むほどだ。

これだけ揃えばマルスが惚れ、ブライアント伯爵が寵愛《ちょうあい》するのも分かる。それにあいつが言うには……。

クラリスが風魔法を覚えたことをミーシャに伝えると、

「さすがクラリス！　私もクラリスに早く追いつくんだから！」

さらにヤル気スイッチが入る。だけどこれ以上ヤル気になられると、何をしでかすか少し怖い。


最後にマルスの手紙。

その文字から一生懸命真心を込めて丁寧に書いたというのが伝わってくる。

「早く読んでよ！」

逸るミーシャ。私への感謝の気持ちを割愛し、ミーシャに読み聞かせる。

「えーと……最近僕は体術の訓練をすることが多く、毎日毎日負けています」

「えー！　マルス負けてるの!?　嫌だよ！　マルスは負けちゃダメ！」

小さい拳を作って突き出すミーシャ。マルスの手紙に一喜一憂している。こんなに感情を表に出すようになったのも二人と出会ってから。

でもマルスが体術で負けているというくだりを読んで、ホッとしている私がいた。

キュルスに認められた剣術に、いつか私を超えるであろう風魔法。《ファイアストーム》を唱えられたことから火魔法の才能もあるのは確実だ。

また、《ファイアストーム》を唱えた後に《トルネード》を唱えようとしていたことから、相当なＭＰの持ち主であることも窺える。

これだけでも十分すぎるのに、そこに体術の才能まであると、他の貴族たちも黙ってはいないだろう。こぞって娘たちを差し出し、取り込もうと争奪戦が起きる。

　この百年弱、何度もそういった光景を見てきた。現に今もリスター連合国で、ミーシャと同じ年の少年を巡り、大貴族が諸手《もろて》を挙げて娘たちを差し出している。

　ミーシャのことを考えればこそ、もうマルスにはこれ以上成長してほしくないという気持ちすら芽生えている。勤勉なマルスのことだからそれは無理だろうが。

　そして最後の言葉を読むと、ミーシャが喜びを爆発させ、思わず私も立ち上がってしまった。

「最後に。僕たちは来年、リスター国立学校を受験することになりました。僕たちも一生懸命頑張るのでミーシャも頑張ってください。一緒のクラスになれるといいね」

　ミーシャが家の中を飛び跳ねる。テーブルや椅子が次々と倒れ、体にはまた新たな痣《あざ》が。

「やったじゃない！　ミーシャ……って落ち着いて！」

　飛び跳ねるミーシャを抱いて、私も一緒になって喜ぶ。

「お母さん！　早く魔法の訓練に行こう！　今日から水魔法も頑張るんだから！」

　ミーシャが木槍を持ち外に出ようとすると、外からこっそり覗いていたあいつが逃げ出す。きっとまた追い掛け回されると思って逃げたのだろう。

「いいわよ！　今日からもっと厳しくやるわよ！」

「うん！」

　ミーシャが勢いよく飛び出すと、ダメーズを追いかけながら、いつも魔法の訓練をしている草原へと走る。

ミーシャが元気に走り回っている背中を見て誓う。絶対二人に恩を返すと。

でもきっと二人は私の想像を遥かに超えた成長をし、予想だにしない姿で私たちの前に現れるのだろう。そのとき私が何もしてあげることはできないかもしれない。

そんな不安を胸にしまい、ミーシャの後を追いかける。

そして私の予想は悪い方に的中してしまった。

マルスの予想だにしない姿……それはリスター国立学校の校内から正門へ肩を落としながら呆然と歩く、一次試験で落ちた姿だった。

本書に対するご意見、ご感想をお寄せください。

あて先

〒162-8540 東京都新宿区東五軒町3-28
双葉社　モンスター文庫編集部
「けん先生」係／「竹花ノート先生」係
もしくは monster@futabasha.co.jp まで

転《てん》生《せい》したら才《さい》能《のう》があった件《けん》～異《い》世《せ》界《かい》行《い》っても努《ど》力《りょく》する～②

2023年10月２日　第１刷発行

著　者　けん

発行者　島野浩二

発行所　株式会社双葉社
〒162-8540　東京都新宿区東五軒町3番28号
［電話］03-5261-4818（営業）　03-5261-4851（編集）
http://www.futabasha.co.jp/（双葉社の書籍・コミック・ムックが買えます）

印刷・製本所　三晃印刷株式会社

［電話］03-5261-4822（製作部）
ISBN 978-4-575-24676-6 C0093

Mノベルス

発行・株式会社　双葉社

Mノベルス

発行・株式会社　双葉社

Mノベルス
魔王様、リトライ!
Maousama Retry!
神埼黒音 Kurone Kanzaki
[ill] 飯野まこと Makoto Iino
どこにでもいる社会人、大野晶は自身が運営するゲーム内の「魔王」と呼ばれるキャラにログインしたまま異世界へと飛ばされてしまう。そこで出会った片足が不自由な女の子と旅をし始めるが、圧倒的な力を持つ「魔王」を周囲が放っておくわけがなかった。魔王を討伐しようとする国や聖女から狙われ、一行は行く先々で騒動を巻き起こす。見た目は魔王、中身は一般人の勘違い系ファンタジー!
発行・株式会社　双葉社